兩個人相遇，需要多大的幸運；我們的擦肩而過，卻像被愛情開了一個玩笑。

純屬玩笑

Just Kidding

暖暖 著

編輯的話

看見《純屬玩笑》這樣的書名，在收到暖暖寄來書稿的最初，就讓我不自覺期待著，這位給人感覺活潑又頑皮的少女，會怎麼寫一個「純屬玩笑」的愛情故事。

如同想像的，故事在陽光正盛的高中校園展開。有美麗的相遇、傻氣的暗戀、勇敢向前衝的追求，集所有我們永遠也看不膩的青春小說元素。然後，暖暖以她一貫俏皮的語言，像童話中精靈施展魔法般，一反經常被表述得比較悲傷的單戀心情，而是將女主角裴雨薇的單戀，用輕快愉悅的鋪陳方式，流暢地串起整個故事線。

翻開書頁，我們都會跟著化身為裴雨薇，經歷這場青春最盛大的冒險。

下次可不可以換你褪去一身驕傲，喜歡我到瘋掉。

他是她青春裡的浪漫荒唐，她是他眼光裡的任性玩笑。
陽光如許，一如往昔，他們的相遇，始終是她的惦記。
她以為是咫尺天涯，勾長了手便可以抓緊，誤認光年距離是觸手可及。
分明在相同時區，卻差距不只一步之遙。但是，她捨不得放棄。
她不過是相信：人終究會被感動。
她說：「不是兩情相悅的喜歡，就是一種負擔。」
他說：「我沒有要妳喜歡我，也沒有討厭妳追著我。」

楔子

「爸，你到底可不可以拿到那個名單？」

裴宇薇踩著倉促步伐下樓，將木頭的旋轉樓梯踏得咚咚作響，劃破了寧靜的早晨。

一天沒有得到答案，她執著，她強迫症般，她絕對不放棄。

對裴宇薇來說，原先，起床第一件事情是煩惱早餐吃什麼，偶爾跟自己過不去，掙扎著要不要下床上廁所。自從暑期遊學團回來，頹靡的人生彷彿天翻地覆。

向來只迷戀漫畫中的二次元男生，只因為韓劇男主角而雙眼發亮的她，好像有喜歡的人了！

「姊妳真吵。」

「裴宇信吃你的早餐……啊啊啊，幫我的蛋餅加番茄醬，感恩。」

「不要，妳吃太鹹了。」

聞言，裴宇薇收住找尋襪子的動作。她從陽台探頭進來，對著弟弟的背影張揚的威脅，一字一句，穿越臥房經過走廊，傳進飯廳依舊清晰可聞，鏗鏘有力。

「你不幫我，我等下就自己擠一座番茄醬山出來。」

「一大早就在家裡開嗓。」怕鄰居不知道她起床了嗎？裴宇信咬著吸管，慢條斯理喝著無糖豆漿。

他目光不斷向後瞥，扭頭又瞧了牆面上的鐘。「七點十分了，姊，妳連開學日都不放過嗎？」

打從小學開始，翻出破舊泛黃的聯絡簿，上面滿是註記為「遲到」的印章。偏偏裴宇薇樂此不疲，當作集點數，期末都要拿出來炫耀一番。

驚天動地的腳步聲漸近，風風火火的性子越是長大越是無可救藥。裴宇薇捧起桌上盒裝的蛋餅，腳下不停，拐彎進了廚房。

「爸——」

「弟弟幫妳買了鮮奶茶，乖，去坐著吃早餐。」

「誰還管鮮奶茶呀？爸你不能一直轉移話題，逃避是不對的。」

裴父哭笑不得，「那妳要趕在我前面，先不逃避數學考試。」

裴宇薇無語了，道高一尺魔高一丈呀。但她果斷無視父親反駁的話語，以及弟弟無情的嘲笑。

跟在父親身後兜圈子，眼見父親整理好杯子，她不甘示弱跟進房間，盯著父親有條不紊的打上領帶，一面口齒不清的撒嬌。

「哎爸，那不是你公司的人介紹的遊學團嗎？你不是說是哪個課長家裡親戚的公司辦的。所以，那個報名者資料可以簡單手到擒來的，對吧？」

裴父氣笑了，卻不是在重點上面，裴宇薇急了。

「妳連我說是課長介紹的都記得，我昨天晚上要妳洗碗妳怎麼不記得？」

「好好好，我錯了，接下來一個星期我做牛做馬，洗碗、掃地都可以。」鼓著塞滿食物的雙頰，油滋滋的嘴唇亮著光。她才不管形象。「這樣，爸，你願意接下女兒重大的祈求了嗎？」

單手托著臉頰，模樣手忙腳亂，語氣淒慘兮兮。

五分鐘時間又被她蹉跎。裴宇信受不了，直接拎了她的衣領要扔出去，抬首與父親四目相接，「包在我身上」對上「交給你了」。

就著彆扭的姿勢，裴宇薇伸長了手，都動搖不到背後箝制她的力道，毫無抵抗力被拖回飯廳，沿途伴隨沒有意義的語助詞。

她氣憤，「裴宇信你太沒大沒小了。」

「妳根本不像姊姊，不要強迫我兄友弟恭。」都是他照顧她多。

「我比你多吃一年的米，怎麼說都是你姊。」

「多吃也沒多長身高，搞不懂爸是怎麼忍痛投資在妳身上的。」

兩個人並肩站立，裴宇信硬生生高出裴宇薇一顆頭，他一隻手便可以壓制住她。

裴宇薇吸光最後一口鮮奶茶。「長了體重！」順手將垃圾塞進他手裡。

「真是可喜可賀。」他翻了白眼。

「賀喜個鬼，被你搞砸了，我差點可以拗到爸答應幫我的！」

直到出了門，她還在對他追究。

裴宇薇平時好吃懶作，讀書是三分鐘熱度，唯獨死纏爛打技能滿點。

裴宇信很不想搭理她，預計要背的英文單字是沒辦法看進去了。

「妳到底幹麼天天追著爸要報名的人的資料？遇見仇人了？」

她嘖嘖，「我說弟弟呀，思想正面一點呀，你怎麼不想是我情竇初開了？」

他也不客氣，對誰都和藹可親，用在她就太浪費了，「那我們家真對不起他，要找出來好好道歉。」

咬咬牙，她弟弟太不可愛了！

「而且，妳是真的書都白讀了，新聞也不好好看，想當山頂洞人？」

她覺得沒辦法跟弟弟友善溝通，十句話有九句在鄙視她，最後一句是什麼話。

走到分別的路口，裴宇信往左，裴宇薇要繼續直行。各自就讀的兩所高中距離近，裴宇信偶爾會陪姊姊走到學校再返回，今天被她吵得頭疼。

瞅著她不服氣噘著嘴想抗議的神情，他涼涼開口，「個資法有沒有聽過？不然妳以為為什麼每次寄到家裡成績單會只有座號？或是名字中間一個字會被挖掉？」

她有些懵，「不是怕成績差，人家看了心碎嗎？」

「姊妳這麼蠢，我也滿心碎的。」

被弟弟憐憫了不是重點，裴宇薇風中凌亂了。重點是她失去找到那個男生的線索了呀！

第一章

世界像巨大的夾娃娃機，我隔著玻璃，只想要你。

——阿耐《歡樂頌》

下課的鐘響尾音剛落，放學三十秒的音樂緊接著揚起，在昏沉低迷的教室裏頭掀起熱烈氣氛。講台上的老師硬生生將一根近乎全新的粉筆寫斷，吃了一嘴粉筆灰。他怒不可遏，拍桌的氣勢簡直是怒髮衝冠了。

眨眨惺忪的睡眼，剛撐起腦袋瓜，被我們戲稱為「老頑固」的數學老師，已經將矛頭對準我，劈頭將我罵得一愣一愣。

「裴宇薇！妳又睡覺！妳哪一節上課不睡覺？要不要我唸妳這幾次小考的分數，讓妳自己知道什麼叫每況愈下！」

我眨巴眨巴眼睛，在眼角眨出水光，舒緩了乾澀的感覺。

老師可真盡責，他接了五個班級的數學課，還要記得我這小人物的成績，還是連篇滿江紅的成績，值得敬佩。

只是，剛脫離周公的魔掌，我對現況還一頭霧水。

食指顫顫指向自己，我歪著重重的腦袋，轉頭面向張凱發出無聲的疑問。他聳聳肩，讀出他一張一闔的嘴巴表示：遷怒。

我靠，趴著也中槍呀。

老師顯然也沒有要繼續砲轟我，雙手筆直撐著講桌，狠狠撂下一句，「放學那麼高興的話，明天早自習的數學時間就考第一單元！」

我說老頑固，兩件事有什麼關聯呢？

同學估計只悲傷一秒，老頑固後腳剛離開，氣氛立刻又活絡起來。老頑固的陰晴不定，我們老早可以應對自如，反正考差了，最生氣的還是他。

他不想寒暑假還必須看見我們，總是會想辦法，悄悄將分數拉高，我們就默默不用補考。

老頑固想振作我們那個枯萎的上進心或羞恥心，努力了一年，看來是沒什麼成效。

畢竟，升學考呢，看起來還遠著。

高二充實的生活剛開始呀。我們也不是理科或文科資優班種子班，天塌下來都有人頂著。

「裴宇薇妳昨天又幹啥了？睡到說夢話，難怪老頑固下課還要遷怒唸妳兩句。」

張凱就是欠抽，書包還沒收完就湊到跟前，連小白板的聯絡簿都只是手機拍張照片。看在他乖乖傳上群組的分上，將功補過。

「我說夢話了？」

「說了啊，說了什麼來著，我想想。」右手手指摩挲著下巴，他咧嘴笑，特別蠢。

「說張凱帥得人神共憤、帥得天妒英才……」

一腳踹上他的桌腳，我笑咪咪，「滾，謝謝。」鏗鏘有力。

「呵呵，好說好說，不客氣。」

我正經的搖搖頭，「有病，記得治。」

將所有作業掃進書包，作為稱職的高中生，儘管晚上不見得會翻開的習題本，依然要裝進去充數量，拿起來摔也是擲地有聲。

「這麼早就要走了？」

不理他，免得降低我格調。背起書包、靠上座椅，打算瀟灑走人。很快，他追上來和我並肩，還在糾結話題，「所以妳今天幹麼急著走？」

「真煩，肚子餓不行嗎！」

「行行行，幹麼發火，我請客總行了吧。」

「喔，真好，就等你這句話。」

他瞪大眼睛，我伸手將他的臉一推，讓他看向前方。白白賺到一次，曲子哼得更加真心誠意了，壓在肩上的書都輕盈幾分。

隨意對校門口警衛揮了手道別，耳聽張凱的請求。

「大姊妳手下留情吧，我的零用錢上次才被妳坑一筆。」

「誰叫你打賭輸了。」

「妳怎麼不說是妳太會吃！」

瞇了眼睛，威脅的口吻依舊說得風輕雲淡。「你覺得我等下要吃兩份雞排，還是吃三份燒賣，然後再來一杯珍珠奶茶？」

「大姊妳的體重不顧了嗎？」他捏著錢包的手都在抖了。

「上星期都健康檢查完了，可以放開吃。」

「我這才是被遷怒了啊。」張凱哭喪著臉嘟囔。

手裡晃著熱騰騰的雞排，嘴裡哼著不著調的曲子，唇角彎著心滿意足的弧度。身邊的張凱是什麼百轉千回的心情我就不探究了，付錢的是大爺，不計較他苦瓜臉。

「哎哎哎，錢包先別收呀，我還想喝飲料。」

他手一頓，氣結，「喝什麼飲料，妳看妳的肚子，有六個月大了吧。」

「變態，你看哪裡呀？」

「裴宇薇妳……」他被堵得一時語塞。

在等斑馬線前頭，看著一閃一閃的綠燈小人，只剩五秒時間，索性駐足。我偏過頭，耐著性子遊說。

他最終順著我的循循善誘與拍板定案，其實，我更相信他是自己也渴了。他最後一堂課跟後座的人聊動漫，熱烈得我無法進入深沉睡眠。

望著他直直走向冰櫃的背影，我歪著頭思索。

身為標準有選擇性障礙的天秤座，我的心思在仙草蜜與新上市的蜜香奶茶間搖擺，三心二意著，眼光鬼使神差的掠向「歡迎光臨」的聲音來源。

分明是超商中非常日常的句子，甚至前幾分鐘進門都沒有瞥眼，這一刻我卻莫名回頭，隨意的目光聚焦在一張熟悉的面容上。

差點要驚聲尖叫了。

我為我曾經鄙視迷妹遇見偶像只剩下海豚音驚嘆的狀態，我願意道歉。

張了嘴，我登時說不出話來，手中的瓶瓶罐罐幾乎要掉了。指尖冰涼的觸覺讓我在出糗前回過神來，連忙把對飲料的執念都放下了。

他、他他他怎麼會在這？住在這附近？在這附近讀書？

激動了呀。這附近就兩所高中，其他區的學校距離這裡步行可要超過二十分鐘，按照概率，有百分之五十的可能性跟我同校。

拍了拍起伏的胸脯，意識到自己的儀容，飛快貓著腰躲到架子後面，掏出壓在沉甸甸書下面的鏡子，扭扭臉、撥撥劉海。低頭抱怨著偏偏遇上我忘記燙制服的日子。

夏末開始的學期，傍晚信步在街頭都會流汗。進入放送著強勁空調的商店，鬢角與後背的汗水都蒸乾。

似乎將我無比的勇氣都蒸發了。

站在隊伍裡顯得侷促又扭捏，隔壁列的小弟弟扯了我的衣角，手指方向是公共廁所，抽了抽嘴角，乾乾的笑容十分牽強。

揑著小小瓶的養樂多在手心，瓶身的水珠與手汗混成一起，很快的，容身在隊伍裡前進到他眼前。

偷偷覷了他兩眼，眉目清冷，微揚的唇瓣掀起絲絲輕佻。

克制不住怦怦的心跳，我咬緊下唇，清朗的聲息不高不低送進耳裡，平凡無奇的句子都閃閃發亮。

「二十四元，巧克力買一送一需要嗎？」

「啊，喔，不用。」

他輕輕點頭，手指靈活在收銀機上穿梭。

「收您三十元。」一面空出手放了吸管過來。

整個過程都是暈呼呼的。直到他將找零的銅板放進我掌心，一瞬間與一個指尖的觸點，輕輕涼涼的。

像是被閃電擊中，我倉皇收了手。「那個。」

他聞聲望過來，清亮的黑色眼眸深邃，流動著疑惑。我給自己打氣，「那個，你記得我嗎？上個月的暑期遊學團……

「去倫敦的暑期遊學，我記得你的，在最後一天的時候……」

慌亂的解釋戛然而止，我抿了唇。

他挑了眉，只是看著我微笑，我的雀躍落在他深黑的眼底變得無關緊要。他並沒有作聲，眼神示意後面的客人將商品遞上櫃台，我才意識到現在是什麼場面，臉頰開始發熱。

似乎打擾到他工作，延誤到客人結帳了。我下意識撓了撓頭，訕訕然挪了一小步，目光仍然攥著他。

內心深處的少女魂在叫囂，可是我捨不得撤退，誰知道什麼時候還能再遇見他，不好老是蹲在這家商店門口守株待兔，拉低了營業額是害到他。兀自摸著後腦杓煩惱，步伐沉重得拖不動。

最多、最多，就移到轉角咖啡台。

深怕他跑掉，眼睛眨也不眨盯著他的舉動。刷條碼、泡咖啡、微波、拿菸、取貨，任何一個動作都是行雲流水。

「是店員呀……」跑不掉，總不能蹺班呀。我低喃。

正常高中生少女會對現況感到尷尬，但是，我可以不將自己歸類在正常人。我是美少女、是小仙女，有與生俱來、得天獨厚的完美自信，還有打不穿的臉皮。

邂逅是可遇不可求的，必須追著不放！

與此同時，不忘欣賞他線條分明的側臉，沉穩溫和的嗓音與恰到好處的淺笑。哎，果然是我念念不忘的男人。

挺直了身，我驕傲。

可能我的眼光太痴情，他一手攬伴著卡布奇諾，一面冷颼颼瞟我一眼。

打擊什麼的是浮雲！

樂呵呵笑深了嘴角的梨渦，燦爛又明媚。他看我了呀。

終於玩好思樂冰的張凱大搖大擺結了帳，湊到我身邊，見我直直盯著櫃台方向，伸手在我眼前晃了晃，我立刻蹙了眉。

像是已經牽起周公的手準備下棋，突然飛來一兩隻蚊子振翅，特別煩人。

一巴掌拍下阻礙，清脆響亮。張凱嚇得夠嗆，嘴裡的思樂冰噎了噎，凍得說不好話，只能瞪大眼睛。

錯估了自己的力道，我默默收起手。聚集過來的視線，驚愕、迷茫、趣味，是客人們，自然也有他。

摸著鼻子低頭，實在沒臉好奇他是什麼樣的神色。

「裴宇薇妳走不走啊。」

「你小聲點啦……」

借力搭上張凱的肩膀平衡著姿勢，順道將他一七五的身高壓矮一些，讓食物櫃可以遮掩。

他不明所以，朝氣的語調裡沒有不耐煩，反而不斷湧起興趣。

老實告訴他的話只會添亂。壓了壓他的腦袋，張凱不甘願又要搗亂，我將食指抵在唇上。

他拉了背包，一刻都閒不來，身上長蟲了是吧。

「不說我就要走出去啦。」

「等等呀、再等等，我想跟店員說話……」

這搭訕的慾望說出口，我都替自己羞恥一把。

他眸光一詫，深濃的眉毛微挑，「妳又訂什麼網購，要問到貨了沒嗎？」

這下難以啟齒。轉了轉眼珠子，江郎才盡了，要慎重思考怎麼技巧性帶過這話題。

「你趕時間就先走，我再晃一下。」

「不管，要留一起留，要走一起走。」

這話說得很不對勁，我摸摸手臂，一層雞皮疙瘩，「我不想跟你演淒美古裝劇，好好說話。」

被他推得頭都暈了，我用力扯住他的背帶，勒得他向後跳了兩步，差點忘記自己在埋伏，迅速摀住嘴掩住笑意。

張凱挺哀怨的，我與他打著商量。

「我、我弟看上了這家店店員，就是右邊那個，要我回家前幫他打探一下，所以你不要妨礙啊。」

不著痕跡的雙手合十，親愛的弟弟要是這個時候打噴嚏或耳朵癢，希望他見諒。

倒是意料之外的回答，張凱瞪大眼睛，「妳、妳弟……」

「噓！你小聲一點。」

「你們家思想真開放啊。」先是抿起了嘴，片刻，又忍不住好奇起來，「妳弟是攻還是受？」

「是……受吧。」

欲哭無淚，我也不想詆毀裴宇信，只是我不忍讓店員當受呀。

但是，張凱這麼興致勃勃跟我討論，我的心臟有點扛不住。抓住他的臂膀，我仰首露出燦爛的笑，非常黏膩、非常違心。

「所以求求你，去幫、幫我弟看一下他制服上的名牌吧。」

「我怎麼看？繞過去也太刻意了！」他瞠目結舌。

他慌忙搖頭，眼看扭頭便想落跑。早就熟悉他的遁逃，一腳踩上他鬆了的鞋帶，「張凱，一句話，幫不幫？」

張凱的笑比哭還難看。

等在商店外的郵筒後方，我縮著腦袋，不久，終於看見他臭著臉出來。

我可憐兮兮瞅著他，沒有誠意的揑揑他的肩胛。張凱睨著我，小小的眼睛瞇起。

他沉默良久，久得我藏在後背的拳頭都掄起了。最後他吐出一口長氣，對我笑得狡黠又淘氣。

「他叫夏辰閔。」

※

他叫，夏辰閔。夏天的夏，良辰美景的辰，閔……閔子騫的閔。

我喜歡的人，我喜歡的人呀。

我想要走到有他在的地方，沒有被蟬聲浪潮撲滅的心意，不是海市蜃樓的幻影，不是鏡花水月的夢境。

不打聽出他的消息，我食不下嚥！

「沒有，妳錯覺了，姊妳食量沒有任何改變。」

嘴上對我毒辣辣，老是對我的幹勁嗤之以鼻的裴宇信都看不下去，可能是我自告奮勇跑腿買消夜的次數太頻繁，他聞出非常濃厚的陰謀味道。

我弟就是愛對我嘴賤，完全顛覆在外的陽光暖男形象。

縮在客廳沙發一角，身子軟軟陷進去，坐姿不良、盤腿，咬著鹹味的薯片，所有所有都是裴宇信會發飆的。

已經將學校討論版的舊動態刷到兩年前，夏辰閔長得那麼不俗，不可能沒有被同學花痴過。

翻完自己學校的，還要再翻隔壁清陽高中的。死死盯著螢幕，最後的希望是兩校的聯合校版。

我不作聲，裴宇信可寂寞了。

「妳到底在找誰？連他哪間學校的都不知道。」他拿過洋芋片，緩緩彎身，挨在我身邊坐下。

「他出現在我們家下下一條街的便利商店，可以在放學這麼短時間到的，絕對是在附近的學校。」

他無語，「難怪妳這幾天沒事就逼我和爸吃消夜，不吃超商還不行。」看穿了我只求偶遇。

悶著表情，都說科技發達，網路沒有隱私，我想查個少年的隱私怎麼就找不到！

我很少這麼失魂落魄。他推推我的手臂，隨口問：「什麼名字？我說不定知道，是不是都忘了妳弟我是清陽的？」

立刻將半片的洋芋片塞進嘴裡，因此噎了噎，大口喝了裴宇信無奈遞過來的紅茶。客廳內只亮了三顆燈泡，光線微暖恰好，肯定將我眼底蹭亮的希望襯得更加明豔，我抱住他的胳膊。

毫不歉疚把碎屑抹在他衣服上。

「夏辰閔，夏天的夏、良辰吉日的辰……」

「夏辰閔學長？」他面色古怪。

觸電似的彈跳起來，拐了腳也不奇怪。扣住裴宇信的雙肩搖晃，他就是我的柳暗花明呀。

揚起的聲音像是攥集所有暖意，笑容盛滿星光，「弟弟呀，我最親愛的弟弟，你知道他！你居然知道他！他跟你同校對不對？他是清陽高中的對不對？」

他慢條斯理倒了水潤喉，「姊妳不是學生會的嗎？鄰校的學生會幹部不用注意一下嗎？」

「學生會？夏辰閔也是學生會的？」

他點頭，「是啊，甄選說明會那天我有去，他是幹部之一。」

「說仔細一點，把你知道的通通說出來。」我已經是在沙發正襟危坐。

「一頓豬排飯，謝謝。」他獅子大開口，我只能胡亂答應，心底默默肉疼。「他是活動部部長，二類組的，好像還有參加校隊。」

「他這外掛太強了呀，這麼全能。」

這麼神，我只能想起前任學生會會長，真正強到逆天。

他那麼高不可攀，稍微靠近都會被他的光芒灼傷。

他平鋪直敘，尾音卻染著笑，「然後，學長超愛吃棒棒糖。」

「哇嗚，這麼童心。」這麼可愛，可以降低一點距離感。

顯然是對我的形容詞無力吐槽，他沉默了半晌，只能將話題繞回去。

混在遊學團裡，漫不經心打量幾次他的口說報告，流利、有條理，知道他是值得稱讚與掌聲的人。

從來沒有想到他是如此令人卻步的優秀。

裴宇信搖搖食指，接口，「聽說球隊是去湊人數的，上次聽見他請我們副會長幫他弄幾張假條。」

真相變得撲朔迷離，謠言與都太片面又瑣碎。

不想只將寄望壓在裴宇信身上，此刻，不可否認少不了他這份助攻。

「弟弟呀，為了活出精采充實的高中生活，好好去面試學生會，進了你會發現人生一片光明，懂了？」

一旦下決心要做的事情，沒有人可以說服我放棄。

氣勢磅礡的話是這麼說，現實是另一回事。後悔起當初選填志願怎麼就鬼迷心竅填了清華高中，徹徹底底是被營養午餐拐了。

就該學學弟弟因為盛名在外的制服款式選校。

最後一節課同學們特別浮動，瞥見老頑固背對著座位在黑板上解題目，抓緊時機，我偏頭跟嫚嫚搭話。

「放學一起去十五街的超商吧。」

嫚嫚停筆，摘下讀書時候才會戴上的眼鏡，打了呵欠，眼睛籠上一層霧氣，表情一片困惑。

她學著我壓低聲音，「怎麼忽然要去那邊的超商？最近又推出什麼新款飲料還是甜點嗎？」

不愧是嫚嫚，夠了解我。

我曾經為了收集新口味的泡芙跑了至少四家超商，學校方圓幾百公尺內的分店都不放過，不是要跟風拍照上傳到網路上，其實是貪吃。

回憶起來都略感羞澀，我摸摸後腦，「這次不是因為要吃東西。」

「那是為了什麼？」嫚嫚驚奇了。

「呃，就是，有想見的人。」

「裴宇薇、阮嫚芸，把妳們的數學講義拿到前面我檢查！」

難為情的真相淹沒在老頑固的大吼裡，磨磨蹭蹭抽出壓在抽屜最底層的講義。顧不及搖搖欲墜的課本們，我朝嫚嫚眨眨眼睛，對不起連累她。

嫚嫚是班級公認的乖乖牌，頭一次被點名，不光是臉頰，耳根都浮上一層粉紅。她低著頭，沒關係三個字說得很輕很輕。

唰唰翻開近乎嶄新的講義，遭殃的應該是我。講義狠狠砸在我面前的桌子，兩本一起攤開的講義對比鮮明。

一本空蕩得連個塗鴉都沒有，一本留著密密麻麻的計算字跡。

喧鬧的教室漸漸沉寂下來，誰都怕被掃到颱風尾。

「阮嫚芸請了那麼多天病假都能跟上進度，妳天天來學校為什麼還可以一片空白！裴宇薇妳到底來學校幹嘛！」

有時候會因為老師的責備說重了感到受傷，又不是每個人都能懷著滿腔熱血面對死板的課業。

我咬了下唇，很想挺起胸膛反骨又叛逆頂撞幾句。

「妳不要因為是學生會幹部就得寸進尺！下次段考如果一樣名次倒數，我絕對去找你們指導老師，讓妳退出學生自治會！」

心底一涼，我驀的抬頭，深黑的眸子洶湧著不可置信與不服氣。直了脖子要再爭論，垂在雙腿旁的手指被扯住了。

努努嘴，只能偃旗息鼓，接受嫚嫚安撫的眼神。

「我沒跟妳開玩笑！妳自己看著辦！兩個都回座位去吧。」

奪過講義，拖沓著腳步，背對老頑固與前排同學一起嬉鬧著比出中指。然後，回到雜亂的位置，懶洋洋趴回桌面。

背後馬上被人拿原子筆戳了戳。知道是張凱，沒力氣跟他玩，像被釘子釘住似的堅決不動，他也不依不撓。

戳得我火氣上來。

「幹什麼？」先前被狠批一頓，我記得把聲音壓低再壓低。

一條牛奶巧克力鑽進視線，將他不正經的笑容都擋住，我怔然。巧克力被晃了晃，張凱的面容從上方探出來，教室內迫人的窒息感在他張揚的眉眼中變得風輕雲淡。

「妳最近太衰了，吃點張凱巧克力，改改運。」

我笑了。「什麼叫張凱巧克力？」依言收下。

「吃了會有滿滿幸運的巧克力，當然，是託我的福。」

他的眉毛跳躍得很有戲劇性，許是伴隨著頭頂風扇的轉動，他的頭髮恣意的凌亂著，帶著幾分這個年紀嚮往的自由。

重重呼出一口氣，我抿出月形的弧度在唇畔。食指指背敲敲他的保溫瓶，壓抑的氣音卻擁有初春蓬勃的朝氣。

也是，垂頭喪氣才不像我。

「謝啦張凱。」

回身之際，欲言又止的表情自眼前一晃而過，我一詫，定定望著嫚嫚。她迅速低了頭，似乎剛剛存在她眼底複雜的鬱色，不過是錯看。

追逐店員的事情我想當作女生的小祕密，不透漏給張凱。

趁著鐘聲響起後的兵荒馬亂，拽了嫚嫚的手便混入人群，待到跑出校園才敢慢下步子，大口大口喘著氣。

隨意抹抹額際沁出的汗水，扯著領口希望來回的風再大一些。

與嫚嫚對望半秒，忍不住邊笑邊咳嗽。

「這事情不能讓張凱知道？」

我用力點頭，「我之前騙他那是我弟喜歡的人。」摸摸鼻子，難以啟齒。

「他相信？」暈著水光的明眸睜大，嫚嫚頓住搧著熱氣的手。

「人傻，沒辦法。」

「這樣……這樣他如果之後知道會不會很生氣？」問得遲疑又小心翼翼。

跳到她身邊，一把勾住她的頸項，彼此身上都是夏日的氣息。傾瀉的光線少許染著夕陽的色彩，將我的笑臉照亮。

不刺眼的溫暖照在身上有讓人享受的舒適。

「放心，我跟張凱是剛進高中時彼此第一個認識的朋友，鐵打的交情。」

怔怔望著我的側臉，彷彿有什麼話語卡在喉嚨，嫚嫚許久才吐出幾個字，「原來是這樣。」

沒有察覺她的語音在空氣中激起一圈一圈的惆悵，掙脫她的反握，頃刻，在商店門口興奮等待自動門打開，奇怪瞧著駐足的嫚嫚。

沁涼的冷氣撲面，被汗水打濕的劉海貼著額頭，鬢角的碎髮倒是狂飛。

心口沉甸甸的鬱卒消散了不少，我彎起唇，「嫚嫚快來呀，裡面好涼。」

「嗯，來了。」

店內充斥著放學後的學生人群，畢竟揣著邪惡思想，難免心虛。我們若無其事經過櫃台，閃身停在關東煮旁邊。

退退讓讓一直到牆角，接收到不少人的打量和眼神，擁擠得都要透不過氣。

嫚嫚還在張望，「妳說遊學團認識的是哪一個店員？」

「喔……他今天好像又沒來。」

上星期明明是這個時候遇見的。

紅撲撲的臉蛋全是未褪的暑氣，因為懊惱皺成了包子。不甘心放棄，我挪了身子，藉著得來不易的角度，仔細觀察幾尺之外的結帳區。

我搖搖頭，「真的沒有。」

多重複一次便失望一次。

堆砌在日子中的期盼一層疊上一層，最終，依然被現實的冷水潑了一身，剩下潮濕軟爛的情緒。

「宇薇，不然我們明天再來。既然他在這裡打工，總會遇見的，妳別難過。」

「我難過呀，可是，我不會死心的。」

用餐區正前方的大片玻璃，反射出我眼底的神色，灼然明亮。

喜歡一個人就應該抱有「原則去死」的決心。自從看見這句話，我沿路奉行到了即將十七歲的此刻。

喜歡夏辰閔，我可以不要原則、不要矜持。

不知道怎麼喜歡上的，至少，清楚知道想忘也忘不了。

輕巧的轉身，百褶裙跟著輕輕揚動，我拂下撩起的一角，笑道，「走吧，好像害妳陪我白跑一趟了。」

穿梭在隊伍與人流中，終於離開人山人海，我拉著嫚嫚的手。

「宇薇，真的不讓張凱知道嗎？」怯弱的聲音在喧騰中脫穎而出。

「怎麼了嗎？」

「不是，我只是想，這樣我們可以放學三人一起回家。」越近尾音，分貝越小。

我看她，細碎的光點在她柔弱的臉龐，久久不能言語，腦中想起什麼。

「嫚嫚，妳是不是不敢天黑自己走路回家？也是，妳家前面那巷子路燈壞了，如果張凱跟我們一起，可以順路陪妳走一段。」

「不是、不是，我沒有……」嫚嫚慌亂擺手，侷促的飄移了目光。

「沒關係的，我以後不會放學來了，好擠呀。」迎著風微笑，我灑脫的聳聳肩。

她看起來有幾分自責，「那妳要見的男生怎麼辦……」

我故意捏捏她的臉頰，「是呀，我會找其他方法的，耗在這裡也不是辦法。」

猶豫的神色沒有從她的眉間消失，嫚嫚是那麼溫然善良的人。

她像是自轉在自己軌道上的行星，藉著反射光讓人瞥見她的存在，微弱但是堅毅。

被人欺負了還在忍氣吞聲，不願意為班級製造事端。我們高一下學期才熟識，我不經意拉了她一把，告發總是要她代筆作業的同學。

「沒事的，走吧，我陪妳走回家。」

◎

天色已經全然漆黑。

英文講義攤開在書桌，無精打采將下巴抵著，維持著超級不良坐姿，右手無力玩著正前方的仙人掌。

「姊我要吃消夜。」

房間門被推開，走廊的熱氣一股腦衝了進來。我蹙了眉，就著彆扭的姿勢，瞟見時鐘顯示九點四十八分。

裴宇信在等我回應，冷氣的涼意都銳減了，我頭也不抬，「自己去買。」

他奇了，「妳不是就算不吃也願意去買？一星期就放棄了？」

悶悶的聲音自臂彎傳出，「我放學看過了，他今天不在。」

「姊妳可真是現實。」

「都知道不會遇見他了，誰要大半夜出門，我都洗好澡了。」

感到裴宇信的視線落在我喪氣的背上。不管他如何請求，不出門就是不出門，跟夏辰閔無關的事我提不起動力。

後方響起木門咿呀移動的輕響，裴宇信略帶惋惜的語氣隨後揚起。

「我本來要用夏辰閔學長的消息當作交換條件的，看來姊今天是累了，那就好好休息吧。」

「裴宇信你說什麼！」

立刻像是得到敗部復活機會的選手，不經意被仙人掌扎了一下手指，輕呼兩聲，不減欣喜的笑了。

他一臉勝券在握的表情，伸手抓住我不安分的手。凝視著我的深眸沒有絲毫嘲弄，四溢著無奈以及縱容。

「我要兩份燒賣，還要綠茶。」

「你又要熬夜？小高一熬什麼夜。」

他笑咪咪，「打遊戲，有一關卡很久，跟別人打賭一定要破。」

「臭宅男。」我下意識嘟囔，驚覺現在是我有求於他，仰起臉討好的笑笑，「真有上進心。」

這風雲變色的轉變，裴宇信從小看慣了。

「買完就告訴妳，我回房間了，拜。」

我咬咬牙，忍了。明明我是長姊，卻被他磨出奴性。

從客廳的公用櫥櫃內抓了一把零錢放進口袋，走過兩個街區，等著紅綠燈，低頭才發現竟然穿著拖鞋。

正慶幸至少是運動品牌的款式，餘光一瞥，我想掩面飛奔回家了。這個穿著迪士尼邦妮兔連身睡衣的人是我嗎？

掙扎在返家與前進的為難。過了一個紅綠燈的時間，帶著破罐子破摔的堅定，月黑風高的，沒人會觀察我。

替自己鼓足了底氣，腳步自信輕快起來，嘴裡哼著不著調的曲子。

隨著叮咚聲，我踏進店內。

「歡迎光臨。」

專屬於商店的提醒聲清脆，另一道沉穩溫和的聲息撲上來，像是碎在沙灘上的浪花，乾淨清澈。

我不知道中了什麼妖術，穩妥妥的扭頭了。

迷迷糊糊視線落在披著工作制服的男生身上，倏地飆出一聲髒話。我飛快轉過身，腿一軟，蹲在糖果餅乾區。

線條分明的臉龐不失溫柔，黯然幽深的眸色墊上一層倦意與乏味，嘴邊卻是噙著一抹無謂的輕笑。

於我，他是一眼難忘的定義。

※

「你不是也應該十七歲嗎？為什麼可以打工？」我站在櫃台邊好奇的問著。

他眸光微動，僅此一瞬，冷淡的眉眼含著不失風度的笑意，似乎在更深一層處浮動著不明意味的趣味。

他依舊沉默，我喝一口養樂多，不嫌辛苦，再接再厲。真是佩服起自己的心臟，心理重建不用幾分鐘，趕緊蹭到他身邊。

「偷偷打工會被抓吧，清陽離這裡那麼近。」

「妳怎麼知道我是清陽的？」

我眨眼，仰臉的幅度想盡力讓他看清我的真誠，「兩校聯合校版上面出現過你的消息。」

他稍微側過臉，沒有掩飾臉上的似笑非笑。

「妳記憶力很好。」

「喔。」

不是被他褒貶不明的語氣刺激，而是這個角度的他有讓人失神的吸引力。

雖然我本來就對他非常覬覦。

夏辰閔蹲在逆著光的位置補貨，曲著頎長的身高，剪裁合宜的制服長褲貼合這雙腳，微微露出腳踝，晶亮的皮鞋與他向來乾淨的氣質相合。偶爾抬手拿起腳邊的礦泉水，連仰首喝水的側臉都好看得讓人移不開視線。

微弱的白熾光線灑在他微顫的眼睫，清俊面容溫柔得不像話。

也許是我的注視太赤裸裸，他瞥眼，沒有厭惡卻是饒有深意，我沒辦法看明白。輕輕咳了咳，狀似無意的移開視線落點。

尷尬動了動腳，穿著拖鞋真的挺羞恥的呀。

我果斷裹緊了毛呢材質的棒球外套，不長不短的黑髮壓在軍綠色彩底下，我這睡衣裝扮也讓人想淚奔了。

「你是不是忘記我是誰？沒關係，我向你自我介紹呀，我是裴宇薇，裴就是姓氏的裴，獨一無二，宇是宇宙的宇，薇是薔薇的薇，是不是很好記？」

我想他是不想搭理我的，恰好抬眸對上我期盼的眼神，亮著謎樣熱情的光。給我多一條尾巴搖搖，忠犬就是我的形象了。他斂下眼，唇角微勾，清了清嗓。

「還行。」

得到意料外的回應，我卯起勁跟他傾訴，只差沒將提款卡密碼寫給他。

「我是清華高二的，文組，因為數學太陰險了我駕馭不了。說到這個，我覺得老師最近總愛針對我，又不是只有我沒寫作業，還要拿我跟我同學嫚嫚比較。嫚嫚本來成績就是中上，唉，還是他是想抓嫚嫚小辮子找不到，只好拿我開刀？想想我就覺得絕望。」

想到這，便腦袋發疼。「不對，嫚嫚那麼乖，老頑固不會跟她過不去。唉，那就是真的跟我有仇了，太虐人了呀。」

他往旁邊挪一步，我也挪了一步。

靠近夏辰閔可以嗅見寡淡的清香，不知道是他的衣衫或是沐浴露，令人嘴角忍不住失守，他就在伸手可及的地方。

像是等了他五百年的樹，我找不到他會經過的路途，只好等在與他重逢的地方。

摸摸腦袋，覺得自己被虐傾向挺重的。當幸運來得措手不及，可以讓笑容蔓延許多日。

「我是這學期上任的學生會活動部部長，這麼說，這週五好像是第一次正式幹部會議，下週一要新血徵選。唉，我面試題目只設計到一半而已。」

暑假期間進行很多次討論，因此，即便開學初會長與副會長忙於跟校長交涉改革政策，幹部會議有些延遲，作業仍然沒有拖沓，順利進行。

一面玩弄著夏辰閔新上架的蘋果麵包，他涼涼的目光掠過來。我趕緊傻哈哈笑著收手，假意將它擺正，拂一拂灰塵。

「清華學生會的？活動部？」

他的話語都帶著自信的從容，我大力點頭，「對呀，你們學校學生會應該也交接了吧。」

我當然知道交接了，甚至知道夏辰閔也是活動部部長，這緣分呀。但是不能暴露自己太變態的情報搜索。

凝眸開始思量起向會長遞上合作計畫的可行性，自從上上上屆兩校學生會鬧翻，例行的聯合迎新就一併中止了。

「期末就交接了。」

眼見他左手輕鬆拎起空蕩的籃子，我一急，同樣飛快站起來。但蹲的姿勢維持久了，腳麻不說，因為貧血眼前一黑，我失力晃了晃，嚇得勾長了手在空氣中胡亂抓。

似乎扯住一隻溫暖的手臂，相觸的面積帶著觸電般的感受。自覺到什麼，我好好站穩腳步，尷尬鬆開手。

將戀戀不捨的情緒壓進心裡。可惜呀，難得可以上下其手的機會。

「對、對不起，我站起來的動作太快了……」

輕微的「嗯」收攏成一個喉音，我都要懷疑他到底有沒有反應。

傻愣愣佇立在原地，挺拔的身影進了倉庫又回到櫃台替幾個客人結了帳。我就這麼安靜站著，彷彿隔著玻璃櫥窗、隔著無限距離，旁觀著他與我毫不相干的世界。

忍不住湧起不熟悉的酸澀。

晃眼的時間，眼前的燈光倏地暗了，抬眼，夏辰閔將光源擋在身後，他與我相隔一個跨步的距離。

「夏辰閔……」

「妳就晚上特地跑出來買養樂多？」修長手指指著我捏在手裡的空罐子，他揚眉。

「啊、喔。不是呀。」反射性將垃圾藏到身後，我用著聽來逞強的口吻，「我幫我弟買消夜，現在正要去拿。」

說著，言行合一的去開後面的冰箱，直到確定在後背的目光轉移，我才敢偷偷覷他。恰好又四目相交，我聽見自己失速的心跳聲，慌亂又急迫。

隨便抓了幾樣食物，抱到櫃台結帳。我咬了唇，問題醞釀很久，「夏辰閔，你下次上班……是什麼時候？」

「我不知道。」

「哎，夏辰閔你要誠懇一點呀，哪有人不知道自己上班時間的。」

「妳問這個做什麼？」一面將燒賣撕開一角，扔進微波爐，他深黑的眸光閃著點點笑意。

斑駁的碎光在他身側鍍上一層銀亮的耀眼，竟然會讓人一再淪陷。

「我、我就是好奇。」這語調扭捏也就算了，可信度逼近零。

「裴宇薇，妳也先誠懇一點。」

裴宇薇。這三個字從他嘴裡出來彷彿都帶著仙氣，我眨眨眼，硬生生憋住要溢出唇瓣的愉快。

打聽不出他的班表，我躊躇著，與此同時，夏辰閔已經將微波加熱的食品紙袋裝好，連同飲料推到我面前。

「好了。」

他恢復成公事公辦的操作模式。

「夏辰閔。」

他真的很不愛跟我說話，雖然他會將視線降下來，等著我開口，但是，我想要得到更多。

也許，對於夏辰閔，我可以有很多很多耐心，有很多很多退讓，可以不管從小到大要強的自尊心。

「夏辰閔，你覺得……清華清陽兩校的學生會，恢復會內聯合迎新的機率有多大？」

一進門，裴宇信一堵牆般擋在客廳。我抬腳踢掉鞋，跳上沙發上盤腿坐好，動作一氣呵成。

「不到十分鐘的路程妳可以買半個多小時？」

「要你管，交換條件。」

「呿，只記得這個。」唰的將包裝徹底扒開，一口塞下一個燒賣，裴宇信口齒不清的說：「昨天問了一個學姊的，夏辰閔學長打工的商店是他叔叔開的，他嬸嬸生病要人照顧，學長去幫忙。」

「真是善良的好孩子。」

裴宇信只翻了一個白眼給我。

摸摸腦袋，似有所悟。難怪他會說不知道下一次上班時間，因為他根本沒有排好固定班表。

客廳剩下裴宇信單調的咀嚼聲。半晌，我抬頭，衝上前揪住他的衣領，惡狠狠出聲，「你剛剛說學姊？什麼學姊？她怎會知道那麼清楚？」

「啊，是倪允璨學姊，好像是學長的青梅竹馬。我是遠遠聽見學姊在抱怨學長，順口問一句，不然突然問這種事很奇怪。」

青梅竹馬。

是那個「郎騎竹馬來，遶床弄青梅」的青梅竹馬！是那種同穿一條褲子長大的青梅竹馬！

我神情憪憪，實在感到絕望。

飄著虛浮的腳步經過裴宇信面前，他高舉了燒賣，行動定格，有些愕然，轉頭的方向追逐我的離去。

「姊妳……」

正想徒留一個背影，不帶走一片雲彩的瀟灑滾回房間，我頓住，摸著股在口袋裡的棒棒糖，心裡甜滋滋，輕輕緩緩回身，炯炯盯著裴宇信。

「幹、幹什麼？燒賣是不會分給妳的。」

「誰要你的燒賣。」

他鬆懈了警惕，吮了手指的湯汁，「那就好，說吧，又有什麼事情要拜託我。」

聞言，我笑逐顏開，他這麼直爽大方，跟他客氣才是傻。

「幫我送早餐吧。」

隔天一早是表演藝術課，我含著草莓優格口味的棒棒糖。平時我不吃糖的，小時候一次蛀牙嚴重抽了神經，從此戒掉甜膩的糖果類。

但是！這是夏辰閔送的呀，必須吃。鼓著半邊腮幫子，看來他果然嗜甜，尤其棒棒糖。

大片投影布幕播映著《令人討厭的松子的一生》，看了沉悶壓抑的劇情與色調不過五分鐘，撇撇嘴，躲到教室後走廊。

「妳讓你弟幫妳送早餐？」

漫天的訝異籠罩在水色的眸子上。嫚嫚這麼冷靜的人都忘了小聲說話。

順了裙襬，我席地而坐。「沒辦法，我也想自己送，可是，清陽的警衛是出名的不近人情，我進不去。」攤了手，面色盡是遺憾。

嫚嫚緩緩調整目瞪口呆的神情。垂頭，我接續埋怨著。

「唉，都怪我們的制服太顯眼了，親自買的早餐不能親自送，虐呀。」

「沒想到妳弟弟任勞任怨。」

我嗤笑，揚起一雙眉毛，「他才不是，我們是等價交換的，他幫我送多少天，我就幫他輪多少天的家事。」

「為什麼追人要從送早餐開始？」

「妳不懂，要抓住男人的心必須先抓住他的胃。」

「可是，那個一看就知道不是妳自己做的。」

殘忍的事實倒是被嫚嫚柔聲一語道破。我扯了扯髮尾，沒轍，我不是漫畫裡的廚藝小天使，買本書照本宣科就能燒一桌好菜。

但是，身為資深吃貨，我有用之不竭的口袋名單。

我挺直腰桿，「不要小看我親手買的，我前一天晚上都要耗費一個小時思考要送什麼。」

她眨眨眼，黑瞳撲閃著好奇的光，「那妳明天打算送什麼？」

「不知道。」掏出手機，打開程式裡頭收藏的口袋名單，手指輕點著，「我不敢亂買，如果買到他不吃的不是很浪費嗎！」

「妳這幾天都是送妳喜歡的吧？」她洞悉我的小心思。

我是存著跟他分享我的喜好的打算。

小湯包、薯餅蛋餅、燒餅包蛋餅、蘑菇鐵板麵、泰式卡啦雞堡，想到他可能要去校隊練習，分量不敢買少。

千叮萬囑裴宇信就算送不到夏辰閔手上，也一定要放對座位，不然，我就白白捱餓了。

「我這幾天都不敢賴床，提早半小時起床，要趕在裴宇信出門前買回來，不能買早了，餐點會涼。也不能買晚了，裴宇信小心眼不等我。還沒到學校，我就消耗一半的體力了。」

單手撐著下巴自怨自艾，哪有我這樣淒涼的青春少女。

「要我們宇薇不貪睡，真辛苦。」

「嫚嫚，妳不能取笑我玻璃一樣脆弱的心。」

話題因為敲打的鐘聲不得不終止。

午休時間是學生會幹部會議，我需要在開會前到分配到的班級回收面試報名表。匆匆把餐盒塞進嫚嫚懷裡，扔下一句話的解釋便奪門而出。

好餓呀，每一條走廊滿滿都是飯菜香。我在一班窗口張望，瞥見已經打菜的同學，怨念深似海。

好不容易等到從導師室方向正要回教室的副會長。

我高喊，猛力招手，「尹煙！」

女生移開死盯著試卷的視線，迷茫的目光沿伸過來，似乎找到落點，張揚的笑意放肆展開。

適合牢牢抱住的身高，這份和諧維持不住一分鐘，我立刻將她的頭頂當作扶手，壓得她跳腳卻無可奈何。

她陰惻惻威脅，「裴宇薇，妳是不是想念我哥了？」提及前任會長就傷感情。我渾身哆嗦一下，收回僵硬的姿勢。誰不知道前任會長是超級妹控，尹煙可以在學生會螃蟹走，他沒有少立威信。

「好久不見妳就殺傷力這麼大。」我垮著表情。

她揚眉，深刻的酒渦盛滿沒心沒肺的笑，直奔重點，「找我幹麼？不是最討厭往這邊跑？」

「還不是你們這邊學霸的氣場太強大……」

「說到成績，自己注意，幹部有成績門檻。」她涼涼道。

悶著情緒，我八成是六個幹部內最岌岌可危的。

暫時甩開陰鬱，重振精神，我看了時間，十二點十八分。再不回去，我可能要沒飯吃了。

「好啦，我是來交報名表給妳的。」

「喔，效率還不錯。」隨意平衡在胳膊上，尹煙草草過目，頭也沒抬，稚氣的聲息流露著不懷好意的音調，「等下開會記得跟我們解釋一下妳的面試題目之一。」

她一定是指「是否支持清華高中與清陽高中兩校的聯合會內迎新」這一題。

我承認我是無所不用其極了。

※

整個週末都籠罩在綿綿陰雨裡頭。

原本想出門到便利商店碰碰運氣的熱情都被澆熄了。我的活動範圍小得只有房間到廁所，三餐都是裴宇信送上來的。

詭異的雨天延續到星期三，六點窗外的天只有微弱的天光。肩負夏辰閔送早餐的重責大任，我撐著小破傘、踩著水漥。

完全是乘風破浪。

「宇薇妳這是幹麼了？襪子從早上晾到中午還沒乾？妳家到學校好像沒有幾步路吧。」

會長上下瞄了我的穿著打扮。其他幹部都停下扒飯動作，好奇的目光投注過來，我搔搔臉，難得羞澀了。

我淋了可不只十分鐘的路，多繞一個街區到新開幕的早餐店，假日指使裴宇信外送，已經試毒過，保證好吃。

低頭瞧了自己光著的腳，默默盤了腿坐，隨手蓋上外套，將腳掌藏進去。

「這不能多說，就是甜蜜的負荷。」咀嚼著焗烤的主食，我話說得含糊。幸好會長不過是隨口問起，不是要認真追究，聳聳肩輕巧帶過。觀察大家吃得差不多，清了清喉嚨，言歸正傳。

一面比對各幹部交上去的數據資料，收住玩笑的神色，眼神沉靜幹練起來，「今年報名人數比去年要多，看來宣傳做得不錯。」

「一半一半，我哥口碑太好。」尹煙得意的接話。

「前任會長大人應該是靠美色。」

全場靜默，竟然無法反駁，學長的冷傲與疏離是盛名在外，但是，不影響學弟妹們稱讚一聲帥氣。

尹煙的反應倒是奇葩，小酒渦閃了閃，「那是我哥天生麗質。」

「學弟妹們除了國中部直升的，大部分新生應該沒有見過前任會長吧，光是聽說和校版的訊息，能吸引那麼多人？」美宣長部不負責宣傳外務，理所當然不知道事實。

回想起到高一班級的場景，幾個人都埋頭笑了，美宣長一頭霧水，活脫脫被排擠在外，著急要人解釋。

我手指一臉無辜的尹煙。「她去洗了兩張學長的照片，解析度高，非常引人遐想的畫面。」

「哪張照片哪張照片？」說到這個，美宣長便耐不住興趣了。

「籃球隊休息室內，學長穿著球衣一身汗，露著手臂肌肉。」話語至此，美宣長清澈的眼神迷離。我頓了頓，「另一張是在會辦批企畫的，我們學校制服本來就好看，光線打下來，美得像海報。」

美宣長「嘶」的倒吸一口氣。

「夠了，別意淫學長。」會長拍手拉回注意力。

一群人嘻嘻鬧鬧著，談到正事都瞬間轉變成一號表情，依序解決會長筆記下來要決議的事項。認真起來總是高效率。

末了，我哀號著趴在木桌上，「所以我們真的真的不可能跟清陽合辦迎新嗎？」

「妳這執著很可疑，看上誰了，說來大家評評理。」公關長最一針見血。

說看上誰都不會有人大驚小怪。在我們這個城市裡，清陽高中的籃球隊是顏值高於能力出名的。

我都不忍說了，兩校各方面經常都是競爭的敵對立場，自己校內卻出了不少女生會偷偷去比賽現場為清陽籃球隊加油。

撇撇嘴，我才不說，「要你管，我是為了我們學生會鴻圖大展設想。」

「至少這學期是不可能，我們跟清陽學牛會的人沒有交情，自從十五屆就斷了聯絡妳又不是不知道。」

「我覺得前任會長大人不會不搞外交。」

「喔，寒假時候那場最大的幹訓，我哥是去建立邦交了。」尹煙說得風輕雲淡。

我面露喜色，「怎麼樣、怎麼樣？」

「原本一切都好，只是高一下學期時，我們畢業晚會的藝人邀請搶贏清陽，清陽場地搶贏我們，所以又不好了。」

又是一貫沒心沒肺的任性微笑，尹煙攤了手。

「就因為這點小事情，太小心眼了！」

「小心說話。」尹煙語聲涼涼。

「我說清陽的前任幹部啦。」

放學後，回到家便躺在沙發上無法動彈。

拉過固定在桌緣的懶人夾，放穩手機，開啟糜爛的廢柴模式。我不是很愛黏著手機，偶爾會犯強迫症，死盯著螢幕等待小說更新，現在卻是時不時刷新校版。

遇不上夏辰閔，我也不想離他的生活太遙遠。

「姊，妳真的在追夏辰閔學長？」

起初，裴宇信不相信我會突然對一個接近陌生的人掏心掏肺，當成我是小粉絲發發花痴，沒料到我會貢獻薄弱的零用錢，天天讓他幫忙送早餐。

而且一送就是兩星期沒有間斷，這對貪吃又愛賴床的我絕對是奇蹟。

我嘟囔，「你都這麼覺得了就這樣吧。」

「這是什麼敷衍的回答！」我不想多說，他卻興味甚濃，扔開書包，直接往桌子坐。「妳別刷校版了，刷這麼多天了，妳知道夏辰閔學長在我們學校有官配的人嗎？」

心中一沉，我穩住聲線，佯裝不在意，「他的青梅竹馬？」

「不是。」裴宇信抿嘴笑，模樣很欠抽。

我坐直身子，眸光詫異，「不是？」這麼拈花惹草。

「是我們副會長。」

「噗！你們、咳咳，你們副會長不是男的嗎？」

為了提議兩校合作，我對清陽現任學生會的幹部人員瞭若指掌。被一線情報砸得有些風中凌亂。

「男的啊，鐵錚錚男子漢。」他豎起大拇指，「嘿嘿，不過官配還是傳得很熱，夏夏CP。」

裴宇信繼續說，絲毫不同情我幾欲風化，挺樂的。

「聽說，準確性高達九成的聽說，夏辰閔學長不只是排球校隊的主力球員，還是籃球隊的冷板凳球員，為了另一位學長夏陽進去掛名的。學生會幹部更不用說，鐵定也是為了夏陽學長接下的。」

「鐵定？」良久，我呢喃出兩個字。

「倪允璨學姊最常罵他的詞是懶惰。」

我想，我眼裡看到的夏辰閔只是冰山一角。

每當我費力終於靠近一小步，他卻像是登上月球的太空人，隨意一個跨步，我就狠狠被甩在老遠的身後。

隔著一層嚴實的霧面玻璃，小心翼翼拼湊出他真實的模樣。

我逐漸明白，喜歡一個人，不論他做了什麼在我眼裡都是閃閃發亮。

我顯得怔忪，裴宇信伸手在我眼前用力擊掌，眼尖捕捉到我聳動的雙肩，笑得東倒西歪。我不吭聲，送他一根中指。

「所以姊，妳不會要送整學期的早餐吧？」

「嗯。」仰面倒下，手臂橫在雙眼上方，阻擋過分扎眼的日光燈。

裴宇信懷疑，「學長真的都有吃嗎？」

「要看你有沒有放錯座位。」我伸了腳踹他，輕輕哼氣，略帶質疑，「該不會你送那麼多次，從來沒有遇過夏辰閔半次？」

「遇過，三次。」三根手指在面前晃悠，他就是欺負我見不著夏辰閔。

「第一次，他先問了我的班級跟名字，聽到我的名字他好像有點驚訝。然後，第二次和第三次都做了跟第一次同樣反應。」

我傻了，「又問了兩次名字？」

「不是，他要我拿回去，三次都是，第一次問完就拒收。」

「拒收然後呢？不要說你自己吃了，裴宇信你就死定了。」瞇起眼睛審視，我惡狠狠咬牙。將他的名字發音唸重了。

平時要是我誤會他，裴宇信會立刻反駁。

他遲疑望著我，抓了抓頭，語速很慢。黑亮澄澈的眼裡暈著猶豫以及難以啟齒，逼得我要強迫症發作。

下一刻，我明白了裴宇信為什麼斟酌。

他怕我傷心。

「我說是受人所託，堅持放了才走，前兩次，甚至其他直接放在座位的我不知道，第三次……」

他瞥我一眼，一鼓作氣說完，「出了學長的教室，我在走廊回頭看，看見他將那份早餐塞進倪允璨學姊手裡。」

※

為什麼會喜歡夏辰閔呢。

沒有青梅竹馬的運氣，不是日久生情的浪漫，說一見鍾情真是有點膚淺。

輕輕闔上眼睛，耳邊有空調運轉與冷氣吹送的聲響，漸漸，嘈雜漸弱了，越拉越遠，像是一個長鏡頭的畫面。

記憶在腦海中飛快翻騰，淡去的聲音夾帶著盛夏的溫暖與活潑，以惶惶如夢的姿態重播。

我不自覺抿出一個小梨渦。關於他的，我悉心珍藏；關於他的，不外乎些許甜膩。

隨著時光倒轉，回憶在腦中被夏日的陽光刷淡了顏色

二十天的暑期遊學，倫敦湛藍的廣闊天空與綿軟稀疏的白雲，昭示著仲夏蓬勃的暑意，緯度高，拂面的風是沁涼的。

與台灣悶熱窒息的夏雨截然不同。

那時上午是滿滿的英文會話課程，結識一個土耳其女孩，對我特別熱情。我英文不好經常誤解她的意思，或是因為口音傻傻愣住，搔搔臉，有些挫敗。

很想悶著臉回去跟其他亞洲人混。

只是，不忍心拒絕她，盛情難卻。

專業課程在下午，每週會有半日遊的行程，徒步或是搭乘巴士，行走倫敦的街巷。眨著眼，覺得聽導覽無趣，我總是成為隊伍的落後。

陽光熱烈，我亦步亦趨跟著前方男生背影。

男生穿著一雙經典款的黑武士，搭著一件刷破的水洗藍色牛仔外套，貼合著雙腿的黑色長褲襯得他身高頎長。

也許性子冷傲，他不遠不近的掐著距離，正好都走在我前方。

我慢慢習慣當他是指標，人群雜沓的擁擠，踮起腳尖慌亂的目光一旦掠過的他的身影，彎了唇，存著不會迷路的心安。

這份單方面的默契溫柔赤誠，絲毫沒有染上夏天的浮躁。

直到最後一天，我都沒有和他說過一句認真的話。止於「現在排隊要去哪」、「那個公共廁所收錢嗎」、「你有聽到剛剛說的集合時間嗎」這一類的。

懷抱遺憾，我蹭著散漫的步伐下了樓，走到學生宿舍一樓的販賣機前面，琢磨片刻都沒有看見激起食慾的選項。上樓扯了一件外套，信步出了宿舍的自動門。

老實說，生活在歐洲首都，或是大學城的城市，會徹底顛覆對異國的印象。超市與即時販賣部稱得上普遍，不是我們印象中的要驅車前往。

裹著寬鬆的飛行外套，戴上連身帽便將雙手兜進口袋。就是沒有滿山滿谷的奶茶，虐呀。

隨手拿出可樂，從麵包架夾了烈日鬆餅跟抹茶甜甜圈。

「Please try it again.」請再試一次。

「No, it can not work.」這張卡不能使用。

「Can you pay in cash?」妳可以支付現金嗎。

跑調的發展，我發傻，店員直視我的眼神和藹禮貌依舊，卻沒由來感到難堪與冷汗，腦中亂成一團。

我期期艾艾開口，「Umm, I just…… I only bring my card.」

作業時間越發延宕，瞧見後方的大排長龍，我越緊張。

反覆在腹中醞釀著措辭，偏偏有個單字硬生生想不起來，不知道該怎麼告訴他東西我不要了，麻煩他幫我歸位。

「Sorry……」

卡在喉嚨的話語，眼睫顫動，我扭緊了一角，非常不知所措。
倏地，一隻線條分明的手臂從身後探了過來，有意無意輕輕擦過我的，在臉頰撩起一股戰慄，一點怦然，不知道是不是緊張了，感官知覺敏感起來。
茉莉清香從後方溫柔湧上來。
繃緊的每條神經似乎都被舒展，我踉蹌讓開一步，正好撞上男生單手扶在櫃檯的臂膀，驚愕半瞬，突然覺得無路可退。
側著身的角度，我看清了是誰。
是我一直追隨的暗色身影，同樣，是我頭一次仔細觀察他的面容。
淺短乾淨的黑髮十分俐落，帶著彷彿沐浴後的蓬鬆感，眸光暈成一片幽黑，柔光下卻隱隱碎出溫和輕率。
他瞥了我，若有似無的笑，「卡不能用？」
「對……」
「沒帶零錢？」
「……正解。」我只想越縮越渺小，或是地上能有個洞讓我鑽了。
我厚臉皮慣了，遇上不熟識的人也很隨和，我皺了眉，現在的羞恥感真讓人陌生，太怪了。

仰著臉瞅著他，如水的眸色裡可憐兮兮的意味極濃。隨手撥了礙事的碎髮到耳後，他目光的落點晃了晃。

「How much?」

儘管隊伍冗長，店員和氣接過紙鈔。當找零放回他手中，就頭也不回要離開。我環抱著食物，我怔然。

「喂……」

「還有什麼事？」

「我……你住幾號房？我待會去還你錢。」

他站在三步距離之外，窗外夜色極暗，更暗的是他的衣著、他的髮色以及他的眼瞳，他看了我，眼睛清清亮亮的，沉穩含笑，我忍不住便犯傻，跟著微笑起來。

他輕輕淺淺牽起唇角弧度。「不用，反正不是什麼大事。」

不是什麼大事。

不是什麼大事，可是憑什麼，你成為我的燈火闌珊、成為我的劫後餘生，而我，不過是你的過盡千帆。

不過是你舉手之勞的偶然。

八月的艷陽和暖，甚至灼燙著胸口。
盯著接送的轎車遠走，我咬了唇，忽然很徬徨。
像是回到國小的畢業典禮，一群人的聚散流轉，我從小就害怕分別。
這次，我沒有痛哭失聲，情緒卻是不對，說不上來的鬱悶。
我忘記問他的名字了。

第二章

因為對他的喜歡，就像是織了張網。
有了基礎，他隨意動作，在她心裡便成了繭。

——小八老爺《贈我予白》

「歡迎光臨。」

眼前的男生在視野中被點亮。

因為離得遠，他低著頭在刷帳單條碼，額前的劉海在左側旁分了，露出兩條好看的眉毛。我瞇了眼睛，集中櫃檯的燈光似乎傾瀉在他的眉宇。

他眼睫微顫，想是承接著光芒的重量。

我搖搖頭，許是注目過於集中熱切，他困惑望了過來。我傻傻呆住，忘記自己還沒移開臉。

對於追逐夏辰閔這件事感到迷茫。

如果可以，時光最好停滯在那個時差八小時的國度，我們之間沒有相隔學校，我們之間只有一個腳步落差。

我可以放肆跟著他的背影。

可是，這些幻想的無稽之談，想起來便讓人心澀。

深深嘆息，佯裝輕鬆偏開視線，站在整齊畫列的三明治面前，神思兜轉到別處，手下一頓，停在空中。

周遭來去的路人投以神奇的目光。

出了學長的教室，我在走廊回頭看，看見他將那份早餐塞進倪允璨學姊手裡。

腦中不可避免晃過裴宇信描述的話，讓自己心煩。

「這麼不稀罕嗎？」壓著嗓子低聲嘟囔，不解氣，扭頭哀怨瞟一眼背著身子擺弄咖啡機的人。

看都不看優惠組合，隨手抓了藍莓三明治，伸手要拿紙盒裝的奶茶，思緒一轉，停了手，直接走回結帳。

穩著聲音，所有從容都是裝模作樣，「還要一杯紅茶拿鐵，冰的。」

「一杯冰紅茶拿鐵。」他重複一次。

莫名賭氣，我皺眉，「冰塊倒半包就好。」

聽聞，他操作收銀機的手有一瞬的凝滯，點了頭，沒有看我。

「好。」

我想我是欠虐。

扁扁嘴，不開心他這樣沒喜沒怒。眸子藏著輕輕淺淺的笑，卻是隔著一層冰霜似的疏離。我垮了肩，只剩下濃烈的挫敗。

握著溫熱的紅茶拿鐵，紙質的觸感不那麼粗糙，像是將他手裡的溫度都傳送過來。因為是他泡的，我可能是愛屋及烏。

低著頭，「謝謝。」

也許，交集會永遠停擺於「請、謝謝、對不起」。

「不要再送早餐給我了。」

正背過的身子一抖，祕密陡然被揭開的驚慌與扭捏，我驀的回頭，清楚面對他的神情，下意識咬了唇。

掀起的嘴角、柔和的微笑、毫無差別的友善。

「你怎麼知道是我！」我的聲音低低的，沒有往昔的朝氣，帶著不服氣的倔強。

「裴宇薇、裴宇信，我是有多蠢才猜不到你們的關係？」

「他是我弟……你不要誤會。」

話音剛落，感到自己捏著飲料的手鬆了鬆，理智估計像風中殘燭，他挑了眉，眸色清明，興味與輕笑彷彿雨點掀起的漣漪，一圈一圈漫開。

他總是笑著。卻是笑得毫無所謂，不是冷淡，可也不是示好。

「我沒誤會，妳才誤會。」

「我也沒有誤會。」

其實我摸不清楚他的意有所指，盯著他彎彎的唇瓣、彎彎的眉毛，腦袋只剩下一片糨糊。

平息很久的自動門「叮咚」一聲開啟了，除了走進一位掛著笑容和藹的大叔，連帶馬路上小朋友的喧鬧聲都捎上。

「你朋友探班嗎？」

一愣，驚覺大叔經過我身邊，自在走進櫃台內。並沒有穿著工作衣服，舉止卻自然流暢。

夏辰閔淡淡問起，「嬸嬸好點了嗎？」

「因為吃藥的關係，一直昏昏沉沉的，今天算是清醒時間長的了。」

「嗯，叔叔早餐吃了嗎？」

大叔笑了，眼角的魚尾紋深了幾分，「輪不到你操心，照顧你自己吧。」抬了下巴示意，他再問，「你朋友？」
「對！」我搶著回話。
你朋友、女朋友，多唸幾次，挺像的。想著，美孜孜樂了起來。倒是將兩個大男人晾著。
大叔饒有深意打量我幾回，夏辰閔顯然對我的脫口而出訝異，深眸覆上一層流光，飽含探究。
我摸摸鼻子，忽視有些燙的臉蛋。
說好的厚臉皮呢，遇見夏辰閔就矜持了這不像我呀。
大叔率先打破微妙，推推夏辰閔，「接了早班，沒吃早餐吧，出去出去，店我來顧，把你朋友帶上，看是要外面吃或留著。」
我就這樣拐到夏辰閔下班時間了？
水汪的眼立刻緊緊瞅著他，深怕他拒絕。輕軟的睫毛搧了搧，鼻子皺著，扁起的嘴全是期盼與祈求。
夏辰閔似笑非笑，轉頭，勾了唇，「都免費？」這話是對著大叔問。與此同時，他已經舉起不知打哪拿出來的棒棒糖，一秒塞進嘴裡。
「都免費。」

※

「六十七號。」

「這邊、這邊。」

擁擠人潮裡我跳了跳，前進不是後退不行，油煙味在風中飄揚著。高舉的手像是落海的救援。

看一眼，若有似無眼光滑過戲謔，夏辰閔抽走我捏在手裡的單子。

「我……」我還沒付錢呀。

他逕自領了餐，數好硬幣放入老闆娘掌心。我打起精神，瞧準了空的位置，眼明手快劫走，樂呵呵對他招手。

他緩緩走近，一步兩步，然後，在對面落座。

透過夏辰閔烔黑明亮的眼瞳，倒映進我討好的梨渦。

「多少錢，我給你吧。」

他沒答，「妳真的還吃得下？」

「當然能吃，我最近可是瘦了，中午都能吃三碗飯……咳咳，其實我之前不是這樣的啦。」

順著他的目光下移，我眨眨眼，不著痕跡攥了三明治的塑膠垃圾袋，塞進口袋。

「放著，待會丟。」

當他拆了筷套，我猛的回神……是不是做了什麼不得了的蠢事？

嗚嗚嗚，我平常很愛乾淨的，真的。

吃著便走了神，右邊的虎牙妥妥的咬著筷子，不明白今日是走了什麼運氣，不光是碰了面，居然一起覓食。

原本接下話要在店裡解決早餐，大叔改了口要夏辰閔帶我出去。「放開吃，早餐記叔叔頭上，我休息兩個小時，帶薪的。」

瞇起眼，止不住笑，大叔真是神助攻，不枉費我開學來投注大半伙食費。

「到底在笑什麼？」

「開心呀。」上揚的語調輕脆溫暖。

「有東西吃就開心，一點都沒有改變。」

才不是因為食物，是因為你呀。眨一下眼，我敲敲碟子，「你說什麼都沒改變？你記得我？」

「不是在international communication被點了名嗎？」

笑顏僵住，求他別提黑歷史。

趕緊喝一口奶茶壓驚，我裝作若無其事，「我記得你們那組好像是煮珍珠奶茶吧？我們這組包了水餃。」

跑了好幾家亞洲超市才找到餃子皮。

「應該有半桶都是進了妳的肚子。」

「咳咳咳！」嗆得說不出話，眼角都咳出淚花，淚霧中他稜角分明的臉龐柔和了，唇邊的弧度卻是極明顯。「沒有，你記錯了。」

我面不改色，擦拭的紙巾藉機擋住起一層粉紅的臉龐。

他輕輕笑了幾聲，清冽乾淨，像是沖刷而下的瀑布，分外好聽，可以將人都笑傻了。

本來還有些懊惱，現在連他的人身攻擊都不介意了。

都聽說夏辰閔是幽默溫暖的人，怎麼我半點都沒有體會到。薯餅沾了番茄醬一口吃掉，我一面絞盡腦汁。

「你們學生會招募新的會員了嗎？」

「這是在打探敵情？」他看我一眼。

「哪是敵情，我們兩校關係真的有那麼差嗎？」忍不住納悶。

「不接觸、不談判、不妥協。」

我湊得近一些，「夏辰閔你之後想念政治呀？」

聲線沉穩，他的眸光卻是有片刻得鬆動。「這是國中歷史。」

「那你以後想念什麼？」我不氣餒，帶著循循善誘的味道。

等了一分鐘、兩分鐘，他的位置是逆光的，他的眉眼他的輪廓在暖光下影影綽綽，驚鴻一瞥會失掉了神。忘了追問他問題。

他將空盤子稍作整理，用過的餐巾紙與一次性餐具亂中有序的疊好。

逼近正午，陽光暖融融的，照在他身上，我總是覺得夏辰閔閃亮亮的。他站起身，單手已經放入口袋。

「吃好了嗎？」

「哎，好、好了，吃飽了，夏辰閔你要同去上班嗎？」屁顛屁顛追上，我側頭凝視他，咧著嘴，笑得燦爛燦爛。他點了頭，我心中歡呼，他搶先一步拒絕。

「別跟來。」

「咦？為什麼、我就在旁邊坐著！我可以買東西的……」

「沒什麼原因。」

夏日午間的艷陽是熱烈的，甚至，他彎起的唇一如往昔，溫和溫暖，我禁不住替自己感到莫名心涼。

他的眼光溫溫潤潤，我卻看見若有若無的輕率無謂。斂下的黑眸凝滯在我無措的面色。

「然後，真的別再送早餐給我了。」

裴宇薇、裴宇信，我是有多蠢才猜不到你們的關係？夏辰閔你那麼聰明。那麼聰明的你，會知道我喜歡你嗎？

沉默著，我不開口，他不作聲。彷彿話題的結束以及尷尬的氛圍，眼下的一切一切都與他無關。

落後在彼此身後的巨大世界是歡騰嘈雜的，車流很快，帶起塵煙，身旁他的溫言婉語，分外扎人。

盯著眼前不動的小紅人許久，終於，我說出一句莫名其妙的問題。

「薯餅起司蛋餅不好吃？」

「嗯？」

「你不喜歡薯餅起司蛋餅？」沒有遲疑，我問，比前一句增添肯定。

他眼底的笑在我看來是破碎的，明明沒有嘲弄，我無端感到抬不起頭。可是，有些心事不得到答案，像拉扯著情緒的細線。

那樣細微的存在，同時，那樣真實有感。

「你為什麼要把早餐給你的……青梅竹馬？」

浮上眼色的詫異轉瞬即滅，他瞥一眼時間，「裴宇信看到了？」

「嗯。」這聲承認細不可聞。

捏緊拳頭，很想很想擊在自己腦門，搞砸了早餐時光。

其實，最想逃離現場，捧著一廂情願的單戀，我有什麼資格要求他給我一個解釋。裴宇薇妳好丟臉。

我以為他不會說話。等到他隨風翩然的聲息，心口被撩一下。

「她那天睡太晚了，來不及去買早餐。她胃不好，生理時鐘很準，那時候不吃東西會胃痛。」

「喔。」

「還在生氣？」輕佻的笑語聽不出其餘情緒。

「那其他那些早餐好吃嗎？」

「還好。」他閒閒道，理直氣壯望著我眼光裡洶湧成一片海的失落。「我沒有吃早餐的習慣。」

聞言，無法接受。什麼早餐下落、什麼青梅竹馬，一分不差拋往腦後，與他斤斤計較，我挺直的站姿，向前挪一步。

還沒搬出大道理，自沿街食物香味中破土般掙扎出的氣息，是我再熟悉不過的茉莉清香。

氣勢磅礴的眼神霎時溫軟了。這男人真的好危險呀，心猿意馬的我好沒定力。

假意咳了嗽，「不吃早餐是不好的習慣。」

「不覺得。」意外從他的高傲中看出一絲痞氣。

「不對，你球隊練習完不餓嗎？讀書不消耗能量嗎？」

我睡一個上午的覺都照樣飢腸轆轆了。

他抬眸，「球隊？」

說溜嘴了。擺明我是變態。

只好稍作婉轉的修飾，盡力補救我的形象，「我就是……我的朋友比較八卦。」對不起呀嫚嫚。

「喔，消息很靈。」

說出這句話的他平白有一絲不協調的冷硬生澀，更像是話題的終結，瞧著眼角與心口都酸了酸，我想跟他多待一會。

可是，他總是要跟我撇清。

我情緒低落，「你真的不喜歡我幫你買早餐嗎？」

「感覺不好。」

「可是我感覺很好！知道你有吃早餐、知道你吃了我買的早餐，我會很開心。」心裡會美得冒泡。

他無奈的噤了語，抬手壓壓額際，「我是說，無緣無故一直吃妳送的東西不好。」

「所以你真的吃了！」黯然的雙眼重新閃爍了。

他無言，約莫是在懷疑被我套話了。

「沒有無緣無故，你不要想那麼多呀，一大早到學校有食物吃是多幸福的事。」

他挑了眉，此時周遭的風迎面，捲著灼熱的暑氣，我的臉蛋被烤得紅撲撲的，他後腦打過層次的髮隨意揚起。

迷離著，忽遠忽近的，多像古怪的天使。

「送東西要有理由。」

被他稍微強硬的口吻逼迫，我一急，腦袋熱烘烘的、渾渾沌沌的。

「因為我……心悅你。」

於是，悠閒的星期日，我沒辦法涎著臉出現在超商。

掙扎在想見他與不好見他的糾結，最後，只得選擇在家裡待著。

日子清閒，無所事事腦海便會晃悠著當天的畫面，一股熱燥爬上頸項，綿延到被冷氣吹得乾澀的面容。

呀！用力撞著沙發，裴宇薇妳真的太丟臉了。

吶吶半晌，很想替自己冒出這麼古裝劇對白的告白解釋，一愣神錯過最佳時機，悄悄抬眼，對上他暈滿好笑的深眸。

吞了吞口水，覺得他秀色可餐呀。

捧著哀怨的神色，到時候絕對要把下載好的古裝劇都刪除，追到一半的穿越小說全部都要忘記。淚目了，可是於事無補。

拽起腳邊的靠枕蒙住臉，嘆一口長氣。我當時轉身拔腿飛奔的速度，應該超越自己百米短跑的紀錄了吧。

◎

夏季的炎熱在時光中逐漸退潮，天空依舊是湛藍的。

空氣中都是舒服的陽光味道。但是，每靠近學校一步，胸口的戰戰兢兢不可抑制多一分。

六點起床的好習慣在新的一週當然沒有改變，不過，眼底的茫然持續很許久，一面梳理著炸毛，思考著能不能重操送早餐的舊業。

我凝眉，扁著嘴擔憂。他說他向來不吃早餐，他肯定不會買早餐，要是我不送，他就要餓肚子了。

摸了摸腰腹，當減肥。點點頭，繼續送吧。

可是，他如果又給人怎麼辦？

他都擺明拒絕了，我還這樣送，是不是很煩人？

揣著陰鬱的情緒，在捱到午飯時間才消散。

「嫚嫚……啊，張凱張凱，幫我打飯！我剛剛看過，今天有洋蔥炒蛋！我要滿滿一格都是！」

「妳要幹麼？又不自己跟我們一起排隊打飯了。」

「校慶園遊會的資訊下來了，我去找會長拿！」蹦蹦跳跳的，不客氣塞了米白色餐盒到他手裡，滿意道，「感恩感恩，上次活動廠商贊助的可樂還有剩，拿一罐給你？」

「剩下的才要給我！」張凱不滿，深感被敷衍。

我笑咪咪，不害怕，「那是不要？」

「不喝白不喝，給我兩罐，我已經幫妳打飯不只一次了。」

「沒問題，等著呀。」

飛快旋身，差點在門口撞到不知道從何時開始佇立著的嫚嫚，見她神情有異，我拉了她的手。

彎身觀察她的臉色，「嫚嫚妳身體不舒服嗎？昨天熬夜了？還是……」

「我沒事。」她抽回手，瘦弱的身子竟生出這般力道。

「可是妳，還是因為剛剛物理考糟了？」

她似乎收拾好原本在沉黑眼睛裡漫溢的複雜壓抑，扯了嘴角，「我真的沒事，妳不是急著學生會的事情嗎？要不要幫妳打飯？」

總覺得哪裡不對勁。

「我、我奴役張凱幫我了。」

「好，也是。他會幫妳……那就好。」

我還是放不下心，「妳如果不舒服，也叫張凱幫妳吧，坐著休息一下。」怯怯伸手要碰觸她的額頭。

不料卻被嫚嫚決絕擋開，相觸的手背隱隱作痛，我愣了。

柔和的眉目似乎掠過一絲煩躁與抑鬱，窗外透進的風，正將她安靜披下的頭髮吹得飛散，視野如此紊亂，下一刻，我懷疑方才的冷漠是錯覺。

她恢復往昔的淺笑，「他不會幫我的，我自己可以。」

「咦？他哪會不幫妳……都是朋友呀。」

「他一手拿一個餐盒就夠多了，妳趕快去忙吧，我沒事。」

不等我多問，嫚嫚撇下我，自顧自回了座位，沒有好好坐下，從掛在桌沿的背包拿出餐盒，緩緩排進隊伍。

明明是同樣娉婷溫柔的背影，我搖搖頭，甩開狠戾這個形容詞，多半是我眼花了。

「妳剛剛物理小考了？幾分？」

「啊、啊？」

途中經過副會長尹煙的班級，我順著招呼逗留片刻。目不轉睛盯著飯盒裡的糖醋排骨，靜靜吞了口水，笑容都不自覺恍惚了，好餓呀。

我幹麼在臭學霸這裡讓她關心我的成績？

血糖低，腦子昏，做了這麼自取其辱的事。

我哭喪著臉，「是很難的第三單元，尹煙妳不要再打擊我了。」

「幾分？」她鐵血，她毫不留情。

「我……六十一，至少及格了。」囁嚅了一句。

我沒底氣。自己的能力自己知道，這個分數我知足，不過，放到尹煙面前肯定是不夠看。

她不看我，舔了舔唇邊的糖醋醬，彎彎的眉眼藏著狡黠。

含糊的話語像個偷吃糖的小孩子，「妳那個朋友考幾分？」

「好像、沒有及格吧。」

物理老師是出名冷酷無情。每次後座同學回傳批改好的考卷，手持粉筆敲著桌面，他會冷聲了解全班成績落點，九十分、八十分、七十分，依序問到四十分。

越到後面分數，同學的頭越低，許多甚至都泛紅了眼。

鄰近下課時間，我跟張凱傳著紙條，繼續著前一節課沒玩出勝負的賓果。印象中，嫚嫚到五十分都還沒有起身。

撓撓頭，我想不出關聯，「怎麼了嗎？這次考差的很多人，到五十分都還有將近十個人起立。」

嫚嫚臉皮薄，可能是覺得難堪。

我似有所悟，語調遲疑，「所以，我以後不能在她面前提成績？」

「也許，誰叫妳剛好考得比她好。」她涼涼道，沒心沒肺的笑意在眼底暈染開，即便如此，也讓人討厭不起來。

揉揉鼻子，往餐桶瞄一眼，果然是味噌湯。我垂著肩膀，有點煩惱，「可是，不至於這樣吧，我這次有讀書啊，雖然沒有完全搞懂定理，至少我把公式都背起來。然後，嫚嫚是說她前一天沒讀書……」

「她說前一天沒讀物理？」

「喔，她說算數學算到著魔了，忘記念。」

和暖的風不經意撩起尹煙額前的劉海，她臉上掛著沒道理的自信與恣意，微微揚起的眉沾染嘲諷。

「呵呵。」哼出清冷意思。

她目光望遠，執筷的手指一頓，清脆咬碎泛著些許油光的洋蔥。

她嗓音更冷幾分，「妳這朋友，我不予置評。」

她突然將話說狠了。我懵懵，跟不上速度。

不管我困惑的視線，直到將和著番茄炒蛋的米飯好好吃完，發現她挑三揀四的把番茄撥進成為廚餘格的餐桶，我哭笑不得。

「妳只吃蛋呀？」

「我覺得番茄是水果，不能跟熟食放在一起，味道不喜歡。」

就是挑食。尹煙能將任性說得自然無比，全天下獨一無二了。屈著身體，我的肚子叫囂得更加厲害了。

「裴宇薇。」

「啊、啊……是？」被點到名的小學生般，我遲疑舉了手。

隔著兩格磁磚，她個子小小，稍微一碰都會飛的脆弱，眨著傾洩出涼薄的笑眼，卻沒有笑意到達眼底。

她有著最堅強的凌厲與理性。

「我不認識她，不想說妳朋友壞話，但是，我也不想看妳犯蠢。」

「第一，妳成績向來差勁，她輸了妳心裡不平衡。第二，她其實有讀書，還是輸了妳，她更不高興。第三……」

聽她緩了語速，雙眼亮晶晶的，帶著不負責任的灑脫。我屏住呼吸，她的聲息彷彿要蒸發在熱烈的艷陽裡。

「除了成績，妳可能還得罪她，像是其他朋友或喜歡的人。」

◎

正值初秋，清晨與夜晚格外颼風，溫度要比白天下降許多。

裹緊圍巾，我才不是怕冷，這體感溫度還有十五度，只是，女生一個都有那麼幾天痛苦，那麼幾天看到男生便想往死裡揍。

斂下眼裡的凶光，打算繞去商店買一杯熱可可暖手，不喝也關係。

已經錯過清華對街的超商，下一條街左轉是夏辰閔打工的超商，踟躕半瞬，咬咬牙，心一狠，決定直走。

去再下一條街的吧。

等在一間補習班對面的紅綠燈，騎樓逗留著不願意學習的學生們，捨不得離開被風包圍著的歡快，動手動腳打鬧著。

稍微愣神，發現跳成小綠人的號誌，原本並肩的陌生人或緊急或不留戀的前行，跨了步伐，穩當將每一腳都落在斑馬線的白線上。

因此顯得格外彆扭刻意。

目光遙遙延伸到遠處，前方，一對身影拐過彎，有些醒目、有些惹眼，卻是迎面走來。

摸著起伏失序的胸口，慌忙背過身，呼吸急促不順起來。是夏辰閔、是夏辰閔，是夏辰閔呀。

上一次的莽撞過後我們沒有再遇見。

我在清華，他在清陽，我們在一個城市內，如此小的城市，這一個星期我才明白，世界夠大，大得我找不著他。

每次隱忍著經過商店，透過大片的落地玻璃，我很努力裝作漫不經心，偷偷覷了一眼。每次緊張著路過清陽側門，隔著綿延四沒有盡頭的圍牆，我都很努力佯裝目不斜視，隱隱期待下一個轉角、下一個路口，讓我見你一眼。

我終於在失落中明白，一次相遇需要太多太多的幸運。

然而，運氣愛跟自己開玩笑。

將他與另一個女生並肩的畫面推到面前，不閃不避。招架不住，所有力氣都用來轉身，卻沒辦法逃跑。

我想著，他們大概快要經我身邊了。

談笑的聲音愈近。我聽見他的輕笑，「還是放棄吧，妳待不下去的，還是乖乖來排球隊打雜。」

「夏辰閔你作夢，我寧願足球隊瞎忙，也不要去有你在的地方，你怎麼這麼陰魂不散啦！」

女生清脆的反駁聲帶著濃濃的不服氣，同時，流露出親暱的撒嬌。

是那樣自然而然，挑不出半絲違和。

聲音近在耳畔，感到自己呼吸快停了。我像一根木頭一樣僵掉，拽緊裙角，無聲祈禱趕快經過、趕快經過。

「裴宇薇？」

溫暖的嗓音沉沉穩穩，有夕陽餘暉的爛漫。

不及做反應，女生驚喊，「裴宇薇……裴宇薇？是裴宇信的姊姊？」

嗯，不用猶豫了，跑不掉。

「呃，妳好。」

女生紮著俐落的高馬尾，明媚的笑意在雙眼裡耀眼，微微翹起的唇角，勾勒出唯恐天下不亂的稚氣。

費勁甩開男生疊壓在她肩上的手臂，約莫三米的落差她小跑步上前，上下左右打量，漾開燦爛無比的弧度。

她不由分說拉了我的手。「我是倪允璨，是妳弟同桌的直屬學姊。」

偏頭警告地瞪了夏辰閔，她俏皮眨了眼，沒等我意會，湊到我耳邊，晚風捎來她身上清淡的香氣，極近的距離，她的睫毛、她的眉眼、她的唇瓣，月牙彎似的可愛。

我注意到耳垂上的透明耳針，因為紮起的長髮一覽無遺，漆黑的眼瞳亮著獨一無二的叛逆與執著。

「妳就是送早餐給夏辰閔這渾蛋的女生吧。」

她用了肯定句，我愣了。立刻抿了唇，夏辰閔連這個都告訴她呀。

「我、妳別誤會，是我自己……」

「對不起啦，之前不小心吃過一次妳的早餐，雖然夏辰閔他說跟妳解釋過原因，但吃了就是吃了，妳別生氣，我那時候不知道是妳送的。」

「咦？沒、沒關係。」

見我一頭霧水，她笑道，「是我問裴宇信的，夏辰閔一直都不吃早餐，我想說他什麼時候開始健康人生了。原來有人在照顧啦。」她逕自說著話，個性跟夏辰閔是天壤之別。

聞言，狠狠一嗆，我拍拍胸口，她的直率逼出我少有的羞澀。

「是他不嫌棄……」他到底有沒有吃我真的不知道。

與此同時，默默抬眼，一手撥開被風吹亂的頭髮，藉機偷偷觀察他的臉色。暖橘色的光柔化了俊朗的面容，深如海的深邃眼眸漫不經心攏著眼前吱吱喳喳的女生。

但是，為什麼、為什麼我覺得那份不經意充斥著偽裝。

夏辰閔看著女生的背影，斜陽的橙色光線鍍在他身上，輪廓極深，卻只感覺滿滿的溫柔。

我要揉揉眼睛，剛觸上眼皮，忽然酸澀得快要掉淚。

「哎，他這個人很難搞的，妳真辛苦。」我被她真誠的憐憫雷得不輕。她驀的鬆開我，賊兮兮的。

她跑開幾步，差點撞進車流裡。夏辰閔面色一變，伸長了手要抓她，卻落了空，冷淡的眼神望過去，輕佻與不羈碎了出來。

另外一隻手搶先，從另一個方向將她拽住，有驚無險。

女生好似沒有膽怯，愉快的笑容不減，摸著撞上他胸膛的額頭，一面用力捶了救命恩人的側肩。

「夏辰閔我走啦，你們慢慢聊。啊，你是不是要去叔叔店裡幫忙？加油好嗎？」

他蹙了眉，「我先送妳回去，妳眼睛沒長好。」

「滾，好嗎。」顯然知道他是擔心，女生的玩笑適可而止，手指被她箝制住的剛才「救」了她的男生。「他會送我回去，走啦。」

她的力道強勢又執拗，拍下那男生還想造反的手，緊抱著他的胳膊，徹底讓他安靜了，我瞥見竄上他耳根的淺色粉紅。

女生恍若未覺，避開夏辰閔的視線，淘氣對我眨了單邊眼睛。

❊

「張凱、張凱。」

期中考與校慶園遊會都在日子裡緩緩倒數著。班上的同學明顯可分為兩個世界，帶著倦容死K書或拿著寶特瓶當作棒球玩。

低迷與喧騰。

不管張凱跟周公多難分難捨，我有正事要說。用力拍打他的因為睡姿而挺平的背，他煩躁揮了手，頭也不抬。

拒絕的話語雖然模糊，依稀可辨。

「別吵，還沒十二點，下一節才吃飯，待會再幫妳打飯。」

我無語。我好好一個青春少女被污辱成飯桶，像話嗎！

拽了他的耳朵，「誰要你盛飯了！給我醒過來，三十秒鐘就行。」我手下留情了，怕他抓狂。

「幹什麼？妳最好有天大的事情。」

「今天下午社課幫我問你們社長一件事吧。」

「不問。」

他二話不說打斷，滿口否定便又要趴回桌面，睡不舒服，挪了挪，盡力在狹縫中求生存。

「我什麼都沒說，你拒絕個毛線呀。」

「不准妳來社團觀摩，神聖地方會被妳毀了。」他蹭蹭外套，口齒不清。

眉角抽了抽，張凱是睡昏了是嗎。我忍著滿頭黑線。

「張凱你神經病，你跪求我我都不去看，我要你去問社長，園遊會戲劇社要不要跟學生會合作，我們協調到場地，準備要辦鬼屋……」

似乎用了一分鐘時間理解現況，張凱跳了起來，「今年園遊會能辦鬼屋了？學校同意了？」

「當然，學生會使命必達。」眯了眼睛，我得意。

「行！一定問！絕對記得問！」他打了響指，傾身靠了過來，嘻皮笑臉著，「我要是扮僵屍了，妳不要嚇哭啊。」

我直接果斷巴了他的頭。他還是睡了世界和平，清醒就禍國殃民，吵。

「平常對著你這張臉都沒嚇哭了，你說呢。」

轉身，回座位，低頭整理工作人員名單。徒留他在原地嚷嚷。

從抽屜摸出手機，按出一個聊天視窗，微涼的手指頓在空中。苦惱著要發什麼訊息，鐘聲毫不留情響起，民怨四起。

抿了乾澀的唇，我喪著氣。

好不容易又哭又鬧騙來夏辰閔的手機號碼，一則訊息都沒有發過不合理！

我低著頭沉吟。英文老師喀噠喀噠踩著八公分的高跟鞋上了講台。我倏的一驚，遮遮掩掩藏著手機，手一抖，手背撞上書桌上沒有放好的成語典，疼得手有些失力。

微弱的螢幕光，我盯著一行字久久無法回神。

已傳送。

「我靠……」急得想抓頭、慌亂得想哭，我無聲仰天長歎自己的愚蠢。

夏辰閔同學晚上上班嗎？今天上班吧，少女去探班好否？

悔恨得想一頭撞死在豆腐上，可能他正好在滑手機，立刻已讀呀，我連按收回的機會都沒有。重重趴在桌上，露出生無可戀的神情，誰都別來打擾我療傷，腦中晃過幾天前的畫面。

「你不追過去嗎？」

關於當天的記憶，偶有陰雨都沖刷不去的深度，因為錯綜複雜的關係中藏著太多諱莫如深的祕密。我聽到自己牽強揚起的聲音。

必須很努力才可以說服自己，沙啞的嗓音是因為喉嚨太乾澀。

空氣中只有車子過境的呼嘯，熙來攘往的人潮，像是沒有盡頭的嘈雜，我的世界卻宛若無聲，只焦急在他終於響起的冷哼。

這樣的他有些陌生、有些孤寂，分外令人心疼。

漫在他唇邊溫暖的弧度，笑得稍微邪門，說不出的不尋常。

他笑著反問：「我為什麼要追？」

一時語塞，我張了嘴卻沒有話。瞅著他清俊冷硬的眉眼，柔軟的髮絲被風打亂，掀起不羈與妄為。

我聽不出他的話語中蘊含幾種意思，腦子一熱，渾沌成一片，胸口的酸澀漸漸膨脹開來。

他直視前方，直視著女生走遠的背影，蹦蹦跳跳的，像是他眼光裡一閃一滅的微光，熄滅在洶湧成一片深海的眸子中。

我為什麼要追。

這句話說的輕快隨意，卻讓人聽出一絲放棄。

漫天的迷茫將透亮的雙眼矇住，他線條分明輪廓的居然模糊了，我替他心疼，自己的難過反倒是落了後。

挺立的身形將廣闊黑夜撐起，只讓人看見一瞬間的脆弱。他側過頭，低沉道，「走吧。」

「啊？」

「她不是要我送妳回去嗎？那就走。」

「她沒說。」

低眸斂眼，我忍住悲涼到要將人淹沒的窒息感。

捏緊拳頭，直到指甲嵌進掌心才恢復一絲清明。醍醐灌頂般的一句話在腦中浮現：如果你給我的，和你給別人的是一樣的，那我就不要了。

何況，還是另一個女生期盼的。

不愧是三毛，文字往往寫到心坎裡，帶著驕傲與自尊心。

我深呼吸一口氣，始終低著頭，「不用，我可以自己回去。」

「是嗎。」

他的聲息喜怒不明，落在眸底星星點點的暖意迷失在夜霧裡，落日餘暉的溫暖在唇邊退了潮，只剩下自嘲與寂寥。

我要走，他扯住我的右臂，「直接回家？」

他的聲音很好聽，不由自主抬頭，撞上他深邃的眸。不用你管四個字終究捨不得說，眼前是我喜歡的人，我願意對他心軟。

能讓我上一秒生氣的要放棄他，下一瞬又原諒的，只有他一人了。沒骨氣就沒骨氣吧。

「喔，我自己回家，你、你去上班吧。」

「我不去。」

「啊？」

「打工我不去。」

一愣，他用著任性的口吻，透著不容質疑的堅定，與前一刻的成熟孤寂判若兩人。

這樣的他，口氣溫涼，他的轉變令我七上八下，又明白自己沒有立場多問，更知道自己不想就此道別，矯情的推拒也不說了。

「那你想要去哪？我跟著行不？」我很安靜的。

語末傾向呢喃，我侷促捏著衣角。小心翼翼的、可憐兮兮。

仰著臉，不閃不避看進他眼裡。如果可以把時光暫緩，我想陪在他回頭可見的地方，我想要擁抱他的所有心事和煩憂。

他降下目光，凝視我半晌，「餓了，先去吃東西。」

鬆一口氣，他這是答應了！總算拗到他答應！我是不是把今年的好運都壓上了！

「我帶路吧，我帶路！這附近一直到補習街我很熟的，都是我地盤！」

「吃貨專業。」雖然臉色依舊深沉幽暗，眼光卻流露微薄笑意。

我忽然覺得這樣程度的嘲笑，就是一塊小蛋糕，不足掛齒。他開心就好呀。

沿途沒有說超過十句話，路程不長不短，都是我努力翻出生活裡的瑣事。說著說著，口乾舌燥，他彎唇，我瞇了眼睛，覺得值得。

擠在小小的攤販，熟食的熱氣將我們蒸得揮汗如雨。

大鍋子大杓碰撞作響，老闆鄉土味的回應，與搖搖晃晃的燈光，彷彿將時日晃回泛黃的舊時光。隱身在繁華城市裡的小店，都保留著最地道的口味與氛圍。

我扯了領口有些難受。顧著要推薦好吃的，忘了考慮要燈光美氣氛佳。這種店，平常我是拎著外帶餐盒縮回冷氣房吃的。

夏末的微風及高處艱辛運轉著的風扇，拂過夏辰閔的黑髮，浸了汗水沒有大幅揚動。我看起來狼狽，他卻好似樂在其中。

習慣流汗的運動員果然與眾不同。

「好吃嗎？」他抬眼看我，我指了桌上，「這些呀，好吃嗎？」

「還不錯。」

「是不是證明我眼光不錯？」

「是味覺不錯。」

見他將蔥都挑出來，我眨眨眼，「你不吃？」

「不行？」

我一噎，沒有不行，就是覺得有點可愛。或許是我愉快的目光太直白，他驀的眼神掠過來，我還張揚著唇角的弧度。

他不自在的輕咳，「妳沒有不喜歡吃的東西？」

「沒有，我媽說挑食會被虎姑婆抓，我小時候蠢，被嚇住了。」

紅蘿蔔、苦瓜、茄子、枸杞，什麼都是眉頭一皺就能吞下去。

他眼神像是看到笨蛋，何其殘酷，我何其委屈。「不是吃貨，是豬。」

這是赤裸裸的人身攻擊，但是，他的笑容亮得什麼都不介意，這樣神經病的我是空前絕後了。

我想起什麼，「所以我昨天送的蔥油餅你沒吃？」那間店的餅皮可讓人驚豔了，不吃浪費。

「吃了。」擦了沒有污漬的嘴角，他不疾不徐道。

我懵住。望著他去付錢的背影，包養的感覺真令人羞澀。

我們兩個一個負責早餐、一個負責晚餐。我拍拍臉頰，趕緊忘記這些核廢料般的想法。

他走回來，油煙與熱氣都被晾在身後，瞄一眼傻坐著的我，知道我不能意會。「還不走？」

「喔，喔喔，來了。能問你為什麼嗎？」

問得沒頭沒腦，他卻聽懂了，單手兜在褲子口袋，頓一下，他偏過頭對我輕輕暖暖笑了。

彷彿將眼前點亮了，星光與街燈都黯然失色。

「要妳不送妳又不聽，如果不吃，感覺很可憐。」

後來我說了什麼？

我說了，「對，真的會很可憐，白捱餓了，所以你一定要吃。」

視線依然落在我明媚的笑容，他深眸微動，嗓音清潤了輕盈了，曾經的冷硬好似都是一晃而過的錯覺。

「妳沒吃早餐？」

我摀住嘴巴，只露出一雙眼睛跟他對視，說溜嘴了。

他蹙了眉，「妳就買一份早餐？從開始送早餐給我，妳就沒吃早餐？」

「我就只有買一份早餐的錢……」阮囊羞澀，說出來都是眼淚。他的臉色不好，我勉力亡羊補牢，「其實呢，我是在減肥。」

聽聞，他凝著的目光焦點上下打量了，最後哼出一聲不真誠的玩笑，「看不出哪裡需要減的。」

我張了嘴，多想問這句話何解。

「還吃得下？」

「咦？」踟躕片刻，我悄悄半舉了手，低聲發問：「你這是試探嗎？我要是說可以，會不會顯得食量很大？」

他無語。

我直了脖子，怯聲辯駁，「我平時食量不大的，那是跟你一起吃，跟你一起吃……」

「跟我一起吃怎麼了？」是似笑非笑的戲謔語氣。我最激不得了。

說出口的話改不了，我只好反其道而行。

「跟你一起吃，飯都變好吃了，簡稱開胃。」

話音落下，徒留風的喧囂，落葉在樹梢的震動好似都清晰了。

我兀自懷疑是不是將話說冷了。正巧走到飲料店，眼尖發現我喜歡的口味在做第二杯半價的優惠，下意識拉住他的衣袖。

「喝這個。」我習慣觀察他的心情轉折，他的輕輕微笑都拉扯我的情緒，指尖的力道鬆了鬆，「……不行？」

低頭一秒，他聳聳肩，頷首答應。面頰是依然掛著漫不經心的從容。

「喝鐵觀音拿鐵行不？你也喝。」

「都可以。」

樂顛顛上前點了單，伸手要翻找錢包，一堵厚實的溫暖自後方籠罩上來，鼻尖充斥屬於他的氣息，儘管沾染著食物氣味，仍可辨別。

長臂繞過我，他直接遞出鈔票，感受到我的愣神，緩聲解釋，「抵早餐。」

抿抿唇，他靠那麼近，他的淺笑那麼真實，抑制不住心口的怦然。

不要相抵呀，一點都不想要兩清我與他早餐的關係。這話露骨，我憋著沒說，直到拿到鐵觀音拿鐵，迫不及待一大口到嘴裡。

微糖的甜度總覺得失衡。

覷了他一眼，嗯，今天的比較甜。

「你吃了我那麼多早餐，用回答問題來換，行不？」

他笑了，溫煦好看，「行不兩個字，妳好像用上癮了。」

「好像真的有點。」憨呆的摸摸後腦。

「問問看。」他看起來饒有興味。

得到他的應諾，忍不住握拳露出得逞的笑，手一抖，差點打翻了拿鐵，幸好，夏辰閔及時伸手過來扶住杯底。

「毛毛躁躁的。」

臉一紅，他的聲音太溫柔，我脫口，「夏辰閔你真像我爸……」

好，世界又寂靜了。

「夏辰閔，你為什麼選理組？」理科腦袋的人好難理解呀。

那些數字、那些符號，到底怎麼可以寫在一起，然後演變成另一個量。

輔助線要畫哪裡，沒有算上十個類似題我是找不到訣竅的。

「沒為什麼，我理科好。」

「嘿嘿，跟我一樣。」

他睨著我，眼神十足懷疑。我咧嘴笑得燦爛，「我理科不好，所以選文組……呃，我理科很爛。」

「節哀。」

「沒事沒事，我置之死地而後生。」

低下頭抿起唇樂呵呵，隨意瞥眼在柏油路面拖出的兩道好長好長身影。我守不住嘴角，雖然不明白抑鬱低迷的開始怎麼就走樣成此刻。

夏辰閔現在好像心情不差。

難道剛剛對著空氣發火是因為肚子餓？

發現我疑惑的注目，他挑了眉，沒明白我漫出瞳仁的理解，轉回頭，猜是不想理我的想像。

短暫無聲的默然，說起成績，我狠狠皺眉，耳邊都是嫚嫚心不在焉的疏離，以及尹煙涼淡的話語。

「夏辰閔我問你，這是情境題。」

「心理測驗？」

「不是，就是參考一下你的意見或作法。」

他鬆開不自覺咬著吸管的牙齒，「說吧。」

「如果有一天你最好的朋友考贏你了，你會怎麼想？」

「很正常，輸了才不正常。」他瞟我一眼，隨手將紙杯子扔進垃圾桶，他好意補述，「他是全校第一。」

我喪氣了，「果然是不能理解的學霸世界。」

也許我的表情出奇天崩地裂。他掀唇，「怎麼？」

掙扎半分鐘，怕我說出口的描述被誤解成詆毀，可能不過是遇上嫚嫚情緒不好的時候，我這樣煩惱，反而小題大作。

「沒事，就是問問。」

他的眸光深深的，他是聰明的，不論他相信了幾分，沒有繼續追問就好。

走了幾百次上學的路段，以往狼狽奔馳著，總是寄望路程能夠縮短，此時此刻，卻是由衷盼望起這歸返的路可以長一些，再長一些。

捨不得將視線移開，沿著他堅毅的輪廓，他的眼睫、他的眉宇、他的薄唇，清清冷冷的，但是不失溫度。

憋著心情，老實說，最想知道的是他和他的青梅竹馬有著什麼樣的過往。是不是在如此漫長的歲月以及如此親密的距離間，他們懷抱一份心動。

將最後一口飲料飲進，嚥進喉嚨，莫名感覺掀起一股苦澀，從左胸口擴張蔓延的，我知道自己沒有資格過問。

耳邊有很多聲音。住宅裡傳出的電視劇對白、奔馳而過汽車裡的搖滾音樂、路人斷斷續續的談話。

這個城市、這個世界，五彩絢爛，同時是喧鬧紛亂的。

但是，此時此刻，他的面容輕易倒映進我的眼裡。我回過神，意識到自己緊緊拽住他的胳膊，不是衣服。

是手指扣上他的手臂，隔著夏季的單薄外套，屬於他的溫度竟然莫名灼燙，星火燎原似的從指尖到掌心，到胸口。

我呼吸一亂。

「夏辰閔我們，交換手機號碼，行不？」

◎

手機又震動了兩下，將我神遊的思緒硬生生扯回來。

偷偷摸摸拿出手機低頭查看，回覆的字數簡潔得我想多看一秒都嫌多。也許是要賴慣了，他的拒絕，我總是會自我解讀為，那是帶著絲毫商量空間的傲嬌。

先是一個貼圖。夏辰閔回訊息，「不要。」

我問：「為什麼！我又不是要強了你。」

好，他的刪節號我接受。

因為我也想爆打自己一頓了，現在解釋來的及嗎？嗚嗚嗚。

我真不能再看古言小說了。我猥瑣我道歉，怎麼會覺得他的不要說得又傲又嬌，像是不完全的台詞，該是「老爺不要」。

趕緊傳去下跪的貼圖，誠心誠意的土下座。

「我不吵不鬧，不暴飲暴食，就在旁邊寫作業怎麼樣？」
「我替作業感動。」他回答我。
眨眨眼，那就是答應了，不管，我要當成答應了！
「裴宇薇，妳好好的笑什麼，說出來分享一下，給大家提神啊。」
樂極生悲便是此刻了。
幸好即將下課，老師也嘮叨幾句。可能我難得表現好的就是國文課，老師難免寬容幾分。
「裴宇薇妳急什麼？學生會又忙？」
「啊？」不明所以地回頭，喊住我的張凱走近，伸手拽了我背帶，怕我落跑的氣勢。我茫了，我剛剛得罪他嗎？
一面扯著圍巾，他若無其事模樣反倒是讓他刻意輕鬆的口吻牽強幾分，竟然聽出幾分抱怨。我更加傻了。
「妳又不跟我們一起走啊？學生會天天忙，都忙多久了？妳算算我們幾天沒有一起走了？」
我張了嘴還沒搭上話，嫚嫚回頭嫣然一笑，柔聲道，「宇薇是活動長，幹部當然忙了，運動會他們要出力，園遊會也在籌畫，能者多勞。」

「那也不會每天都要留校吧。」

不忍說，沒留校的日子我都追到商店等夏辰閔，就算需要跑宣傳或臨時會議，照樣回家前去晃一下。

即便我這樣勤奮，都不是一定能見上夏辰閔。

我自然明白嫚嫚的意思，拍拍張凱的肩，「先帝創業未半，而中道崩殂；今天下三分，益州疲敝，此誠危急存亡之秋……」

我就是要表示自己要為學生會鞠躬盡瘁。

「背出師表沒用。」

「天將降大任於斯人也，必先苦其心志，勞其筋骨，餓其體膚，空乏其身，行拂亂其所為……」

「妳讀書走火入魔嗎？」

「沒，就是顯擺一下國文能力，我走啦，我忙著呢。」

躲在黏貼了大片演唱會海報的玻璃後面，我踮了腳尖，淘氣的縮著脖子張望著，沒看見熟悉的身影，摸摸腦後。

我來早了？

在門口徘徊，跳了跳腳，覺得壓在肩膀上的厚背包沉得很。念頭剛過，曲起的左手臂陡然一輕，勾在關節的側背包被拎起。

嚇得聳了肩，正要回頭，一雙熟悉的鞋型已經竄進視線裡。稍微挪動，低著頭可以看見他刷白的制服襯衫。

露出燦爛的笑，「夏辰閔你遲到了！」

他瞇了瞇眼，深沉的目光帶著戲謔，「妳又不是老闆。」

「我幫老闆計時。」高高舉起配戴著錶的右手，接著被他一掌拍下，猜是嫌棄我高調亢奮。

發現我學校的側背包被夏辰閔抓在手上，空閒的另一隻手壓了壓耳畔的碎髮，似乎有些侷促，他的指腹蹭了下自己的耳垂。

「妳不知道班表，計什麼時。」

「比我慢來都是遲到。」發覺他眼底的溫暖特別軟，我說話得寸進尺起來，仰著臉呵呵傻笑。

光是想像，很有自覺應該看起來挺神經病的。

「妳書包裡裝這麼多書，是颱風要來了，怕被刮走？」隨手掂量著手裡不屬於他的書包。

兩校的書包都是通體黑色，猛一瞧會搞混。

一個草書寫著清陽高中、一個中規中舉的正楷書寫清華高中，甚至都是燙金字體。

那份想跟他同校的願望越來越強烈。

「期中考要到了……咦、應該是吧，所以要補寫作業。」

「補寫作業？」彎彎的雙眼裡溢出更多的笑意。

「不是都會要作業抽查嗎……」

後知後覺哪裡不對勁，我默默平反，「是加強練習，培養跟題型的默契，為了期中考順順利利……」

他輕輕揚了眉，沒說話，只是後方那盞明明滅滅的路燈，將他俊逸的側臉柔和了、模糊了。

我屁顛屁顛跟了進去，他將書包放到用餐區角落的四方桌上，轉身去休息室換衣服。望著他的背影，心口暖得不可思議。

哼著不成曲的調，唇角克制不住飛揚。

瞄一眼夏辰閔將普通的員工制服穿出一種率性，一點都不俗氣，嫌稍嫌凌亂的劉海被撥向左側，乾淨俐落。

見他警告的眼神瞥過來，我趕緊正襟危坐，慌慌張張掏出數學習題本，攤開一頁空白，當真仔細琢磨。

咬著筆蓋，不多時已經放棄直接做題目的自殺行為，盯著數學課本一步驟一步驟的講解，手邊壓著活頁紙，歪歪扭扭記錄著公式的推演。

不過一個小時，便頭昏腦脹。

要是平常，金窩銀窩不如自己的狗窩，老早抱著漫畫滾床上去了。研讀整整一個小時數學的舉動，簡直前所未有。

「遇到難題了？」

「對啊……」下意識回嘴。回味聲音，猛的回頭往上看，夏辰閔單手插在口袋，頎長的身形近在我身後。

他抬了下巴，「什麼題目？」

「咦，不是……我是肚子餓了。」

搔搔臉，著實不好意思，我也不願意總是那麼丟人，但事與願違。

我非常爭氣的肚子分毫不差的叫了。

他笑了出聲，我扭捏著抬不起頭。「去吃飯，東西我幫妳顧著。」

「啊……不用，我吃這裡的東西就好。」

「幫我拚業績？」

我疑惑又認真追問：「超商也有算業績的？」

沒料到我好騙，他無語，扔下一句話抬腳要回櫃台。「假的，趕快去附近吃東西，或回家吃。」

「你是不是趁機趕我走？」

他腳下一頓。我以為自己猜對了，攥在手裡的筆緊了緊，尋思是不是該遂了他的心願，心裡悶悶的。

這才發覺自己變得患得患失。

抬眼要追逐他的背影，驀的發現他仍站在近處，驚得手臂一抖。湧起一股幸好還沒說他壞話的慶幸。

「一個三餐不正常的人，有什麼資格教訓我不吃早餐。」

徒留一句風輕雲淡的話語，像春風十里，包覆流浪世界過的溫暖。

我知道的，他的淡漠與事不關己底下是一份善良。我知道的，他的溫煦與冷靜底下藏著一份寂寥。

追上他，我從他背後探出頭，側著臉衝著他笑得明豔。

「夏辰閔你什麼時候補貨？」

他奇怪，「幹麼？」

「我想吃即期品。」

他陷入沉默，眸色很深，用著像在看白痴的陌生眼神。

我忍不住輕笑，可依然固守立場，「我看電視上都這樣說的，晚上補貨的時候會淘汰過期的東西。我吃那個不好嗎？」

「妳家人沒有給妳零用錢？」他的聲音帶著無奈的嘆息，沉沉穩穩，分外好聽。

我點頭，「有啊，零用錢跟餐錢。」

「妳都花光了？」

「不是、不是，哎，我就是想體驗一下，從籃子裡看你整理下來的即期品，找出想吃的，感覺很奇妙。」

夏辰閔徹底失了聲。

「行不行啊？我跟你說，夏辰閔，我滿十八歲的打工心願就是超商跟手搖杯店，一個為了即期品、一個為了滿山滿谷的飲料呀。」

良久，他吐出一個字。「豬。」

這人身攻擊太簡明扼要了。沒關係，夏辰閔說的我堪得住。

幾分鐘過後，我蹲在收進休息室的塑膠籃旁邊，歡樂的抉擇今日晚餐，慎重得像是挑選生日禮物。

最後揀了一份握壽司、一個伯爵巧克力泡芙，加上一罐家庭號蘋果牛奶。

「拿來加熱。」夏辰閔伸手要拿握壽司。

「好！」

美孜孜捧著夏辰閔親自微波的晚餐，暖烘烘的，似乎都要燙進心底。

面對我眨著眼睛、咬著放在蘋果牛奶瓶里的吸管、一面無辜瞅著他的模樣，夏辰閔緩慢移開視線，好看的嘴角抽了抽。

我手握食物，另一端有夏辰閔，與數學題奮戰的意志強烈了些。

直到十點，父親大人打電話來慰問我，我驚嚇的注意到時間。匆匆站起身，久坐微麻的雙腿軟了下，立刻被強勁的力道扶住。

不用回頭就知道是誰。

「妳該回去了。」

「夏辰閔你好神呀，我爸也剛打電話來催我回家，要我別在外面禍害世界。」

「令尊說得真對。」默然，他緩聲道，滲出軟軟的笑意。

隨手翻著一個晚上便寫滿字跡的數學課本與講義，鉛筆跡、藍筆、紅筆，塗塗改改改過，橡皮擦訂正過。

仔細觀察，可以看出存在兩種不同字跡。

「快被自己感動暈了，從來沒有一口氣寫過這麼多數學題。」紙張可以翻出唰唰聲響，皺巴巴的。我蹭到他跟前，雙手合十，「夏辰閔，你以後再教我數學吧。」

「不要，麻煩。」盯著我要來耍賴，他揉揉額際。

「哪有麻煩！我是幫助你工作之餘再複習一次數學！而且……我也沒有很難教吧？應該吧？」

「呵呵。」

「呵呵是有幾個意思？」抓了抓髮尾，我瞇著迷茫的眼。

他不再吭聲，見我被沉重的書包壓得要矮一截，蹙了眉，僅有一瞬。我將外套與制服穿戴整理一回，他從一旁單手提起我的背包，肩膀重量忽然一輕，我微愣。

他面不改色，陪著我走到門口。

「裴宇薇，真的不要再給我送早餐了。」

這話題跳躍得不得了，我好不容易找回神智，「欸，可是……」

他耐著性子，眼裡有淺淺的無奈與難得的正經，「不是好不好吃或喜不喜歡吃的問題。而是妳為了送早餐給我，自己沒吃，很本末倒置。」

懵了半秒，我漾開燦爛的微笑，越笑越深，梨渦似乎都閃著欣喜的光。

「夏辰閔你是不是擔心我？」

他抿了唇，露出看見傻瓜的表情，呵呵笑了兩聲意味不明。「想多了。」他果斷鬆開手，書包結實的重量瞬間掉了回來。

我被震得踉蹌一下，歪了身子。

話題沒有再繼續，他頻頻催我回家。我死命抱著柱子不走，他便改了溫和的目光，深深沉沉也清清冷冷，透著威脅，我不得不滾。

讓他生氣太得不償失。

事後回家，我對裴宇信轉述這段話，借用一下他的智商來理解。

他刷著牙，一面慢吞吞的整理那頭剛洗好的頭髮，口齒不清道，「本末倒置啊，大概是說，妳想照顧他、想對他好，反而沒照顧好自己，用膝蓋想也不對吧。」

我懵懵懂懂，緩緩點了頭。

見我孺子可教，裴宇信被浴室水氣蒸得迷茫的眼眨了眨，「那，我是不是明天開始不用再送早餐了？」

我瞧他一眼，他委屈的說：「我天天跑高二部跑到快出名了！」

於是，裴宇信正式從送早餐這件事情畢業。

為了有更好的條件讓夏辰閔答應指點我數理科目，我破天荒開始認真聽課。厚厚一疊計算紙寫滿背誦公式，以及各種解法。

從來沒有整堂數學課清醒的我，這兩天都睜大眼睛，反常到老頑固課餘關心我。我猜是我的目光灼熱到他反而背脊發涼。

用力皺了眉，努嘴，我挪挪姿勢，安心闔上眼打算補眠，上午歷經數學摧殘，午休時間有學生會的例行會議，總是讓人這天下午的課犯睏。

恍惚聽見下課鐘聲敲了，周遭同學開始躁動，腳步聲要比平常激烈。

矇矓間，輕輕脆脆的擊聲落在桌面，像是指背的敲打。

「宇薇醒醒，宇薇。」

溫婉的聲音極好辨識，我撐起沉重的腦袋，嗓音充滿困倦的沙啞，「嫚嫚呀，怎麼了嗎？要一起去廁所嗎？」

她噗哧一笑，彎彎的眼裡都是無奈。好像有一段時間沒有見她這樣真心的笑，我揉了眼睛，以為還在作夢。

前幾天的尷尬宛如水草拖住我們，沒有刻意閃避對方，卻是彼此都知道疏遠。不會手勾手去裝水、不會躺在草地上逃避打籃球，連放學都有各式各樣的藉口不同行。

抿了抿唇，貼了幾次冷屁股，因為學生會忙，我也將事情丟到腦後了。

她接續的話語將我拉回現實，「妳剛剛生物課睡著了嗎？老師說下節課要到實驗室，要我們下課分好組後就直接過去等她開門。」

迷糊的目光逡巡在她柔和的面容，終於找到落點。

「實驗課分組啊。」我慢吞吞起身，從椅子底下挖出課本。「走吧走吧……怎麼了嗎？」

她的注視帶著不尋常的執著，我背脊一凜，有些詫異。

「分組要四個人，我們要找張凱嗎？」

欲言又止的模樣將我弄緊張了。為了這點事情？

「行啊，我沒意見，嫚嫚不嫌我們智商低就好，待會我去告訴他。」張凱跟我的成績是伯仲之間，嗯，爛得不相上下。

她抱住了我，眼角洋溢著舒心幸福，「太好了。」

拖著步伐行走，我發了訊息要張凱搶實驗桌，便繞去販賣機投了果汁。

我驚奇的看著嫚嫚的動作，「嫚嫚妳也喝？葡萄汁？」

嫚嫚不愛濃縮汁，她覺得都是化學物質，頂多喝保久乳。

「我、我要給張凱的，他昨天陪我回家。」她越說越小聲，我注意到她雙頰都紅了。「這是回禮、回禮而已。」

進了實驗室，同組的另一個男生自告奮勇跑去搬顯微鏡。張凱望了望我們兩人，我笑咪咪，眼神射出脅迫的殺氣，他摸摸鼻子，認命去排隊領細胞玻片。

一面走還不放棄嘟囔，「女生太難懂了，昨天看起來在冷戰，今天又好好的。唉，海底針、海底針。」

張凱頻頻回頭，彷彿好奇我們的互動。我作勢要揍他，嘻嘻哈哈匆匆跑遠，玩世不恭的笑著。

我眨眨眼，沉思，表情略顯呆滯。

「宇薇，妳想過，妳真的喜歡清陽的那個男生？」輕輕緩緩的聲音近乎要化進空氣中，像是確認、像是自語。

她壓低著嗓子，一不小心會被教室裡的紛擾淹沒。

清陽、夏辰閔呀。我毫不猶豫，點了頭，「當然呀，就是這麼喜歡了。」

就是這麼喜歡了。

當他骨節分明的手猝不及防竄入視線裡，當他溫柔的嗓音帶著輕笑在頭頂響起，當他低頭時視線無意掠過我的侷促。

也許，形容再多，解釋再多，不敵他出現在最剛好的時間這個不爭的事實。

用德文有句話這樣翻譯，儘管不會唸，依舊蠢兮兮的記著。愛是一種遇見，不能等待，也不能準備。

「我呀，原本覺得生活就是吃飯睡覺、追追韓劇，然後把學生會發揚光大。」清澈的堅定從眼裡破出，笑了笑。「喜歡他，是日常之餘總是會想起他，見到一面就可以開心一整天，說上話就覺得那天死而無憾。喜歡他喜歡到想把最好的東西都給他。」

喜歡到認為他值得最好的。

喜歡夏辰閔是青春裡美好的意外，同時是一場最盛大的冒險。

「那，追到他……我是說，如果他也喜歡妳，就交往嗎？」遲疑的聲線在空間裡展開，她的困惑彷彿感染整個世界。

我用力眨眨眼。

空氣中只剩下我們的呼吸聲，我的一舉一動都會造成失衡。

抓了抓頭髮，我有點憨呆，「這我還沒想過。」

因為，在我眼裡，夏辰閔是漫天星空裡最耀眼的存在。他在光年之外，我必須費很多很多力氣才能超越光速，向他走近一些。

一心努力在追上他，卻忘了想像往後。

又或許，是不敢懷抱太過浪漫的幻想。比起我們會不會在一起，我更害怕他會告訴我，不准再喜歡他。

她失笑，眼光裡溢滿悵然與欣羨，「宇薇妳的喜歡真像小孩子。」

真像小孩子。

小時候的喜歡是純粹無懼的，不問緣由，不問因果。

「先追上了再說嘛，如果用遊戲來比喻，我現在還在新手村打滾呢。」說著，狠狠皺起鼻子，頹喪垮著肩膀。

嫚嫚的心情好像有點不對，經常走神，欲說還休。

我猜是模擬考前的焦慮，嫚嫚向來比我重視成績，我再清楚不過。

「真羨慕宇薇妳可以那麼輕鬆說出喜歡。」

「什麼樣的喜歡不能好好說了?亂倫?同性?虐戀?」

嫚嫚終於被逗笑了，「天大的事情到妳這裡都是塵埃。」

「聽不懂這是讚美還是貶低。」我嚷嚷，「嫚嫚妳不能跟張凱學壞，要用愛與友善與和平關愛我。」

似乎提及不得了的字眼，嫚嫚眼眸好不容易裡亮起的笑意沉寂了，落得冗長的嘆息，整個人籠罩大片的烏雲。

歪著頭，試圖尋找可以觀察嫚嫚表情的角度，我斟酌著要開口。

「如果是喜歡上好朋友呢？」下一秒，她又慌忙補述，「我只是舉個例子。」

心臟被戳了一下。我愣愣，突然結巴起來，「喜、喜歡好朋友？」

我的反應太失常，安靜數秒，嫚嫚找到原因，淺淺的笑容帶著無奈爬上眉梢，輕柔的聲音拂面。

「我說異性的朋友，妳想多了。」

嘿嘿笑了兩聲，最近話題正熱，不自覺腦補了。我坐直了身子，挽住嫚嫚纖瘦的胳膊，貓咪撒嬌般蹭了蹭。

喜歡的人是好朋友呀。

「沒什麼不好呀，他喜歡的、不喜歡的，他的習慣、他的喜好，妳都會知道不是嗎？簡直好的開始，是成功的一半。」

在紀錄本上填上數據後，我又趴回桌面。「哪像我，想打聽些消息，還要怕被當成變態。唉，人生很難。」看見張凱扭著身子回來，不得不掩面，眼睛痛。

「細胞染色更難，阮嫚芸妳來吧，裴宇薇太粗暴了，我不想把全班要用的細胞都葬送她手上。」

「喔，好的。」

似乎沒設想會被喊到，嫚嫚瞳孔放大，水色的光暈帶著驚喜與期待，立刻靠到張凱旁邊，語調緩緩、聲音輕柔，一面操作一面好好講解。

原本不過是置身事外觀望著，嫚嫚將散下的髮絲勾往耳後，露出粉色的耳根和含羞的側臉，盈盈目光凝在張凱明朗的笑顏。

陡然眉心一跳，我睜大了眼，帶著無措及不可置信。

腦海閃過那樣的話：如果是喜歡上好朋友呢？

※

歷史課本攤在桌面上，緊緊盯著無數個歷史年代、無數個皇帝名號在書上跳躍，我一個字都看不進去。

明明挺喜歡中國歷史的。

目光迷迷茫茫，帶著困惑延伸到不遠處，沒有落點，像是失了焦。直到一道清甜的聲音扯了神經，恬淡的微笑緊接著墜入視線。

「宇薇妳發呆呢。」

我眨眨眼，試圖找回焦距，然後，看見了嫚嫚一如既往的笑。

從前覺得清澈明亮，如今卻有些看不懂，像是遇到題型類似的數學題，急著要捉住關鍵，然而是落空。

她繼續笑，「怎麼了？我臉上有什麼嗎？」

「我只是在想，下節課的歷史好像要開天窗了。」

「妳哪次不是臨時抱佛腳的！」張凱硬是插上一句。他將課本翻得沙沙作響，毫不憐惜，「而且，昨天作業那麼多，誰有辦法將整章念完！」

「至少我佛腳抱得比你穩，這叫做人品。」

「等妳能考贏阮嫚芸再說。考贏我也能囂張？」張凱隨口扯出觀戰的嫚嫚。當事者倒是沒反應過來。

我沉痛點頭，「我錯了，你說得對，我怎麼可以拿自己跟你比呢！」

「我靠，裴宇薇妳……」

「我昨天也沒讀到歷史，只能憑記憶了。」

互掐的張凱和我靜止了動作，機器人似的轉頭看向發話者，眼睛一眨不眨。面對兩雙不可置信的眼神，嫚嫚抿了唇。

聲音輕柔飄過，「昨天作業真的太多了，希望等下考卷是廠商的，題庫題難多了，變化太多。」

張凱率先回神，發出奇妙的感嘆，「能聽見前五名的人沒讀書太稀奇了。哎，妳也不用擔心，妳上課認真，憑著記憶都能考得不錯的。」

「才沒有，上次只拿了八開頭，將平均都拉低了。」

氣氛有一瞬間的凝滯，張凱輕率的笑將在嘴邊，忽然接不上話。他朝我看一眼，我心中長嘆，不忍看見嫚嫚溫和的笑顏罩上尷尬的灰敗。

「反正，歷史老師那麼愛考試，多考幾次就平衡回來了，別擔心。」

意外的插曲因為鐘聲響起而中止，試卷被歷史小老師依序發下來。心不在焉答題著，心中掛念一件事情的疙瘩讓人渾身不舒服，勒得我心慌。

偏偏說不出是什麼事情，形容不上是什麼感覺。

教室裡只剩下筆尖畫過紙張的聲響，以及偶爾踢到桌椅或書包掉落的瑣事。低迷的考試沒有持續很久，下課前五分鐘試卷傳給前座的同學改，答案被朗讀出來。

「幾分我看看。」

半瞬恍惚，剛拿回的考卷被張凱一把抽走。

不好不壞的七十六分。

視線一抖，一張寫著極其熟悉名字的試卷在隔壁排傳了回來，艷紅的墨水顏色寫著令人崇拜又嫉妒的分數。我眨眨眼，張凱已經鬆開我的考卷轉身，斜向一邊跟別人玩。

剩下我與嫚嫚對視。嘴巴動了動了，我不說一語，她沒有開口解釋。

是九十四分。

她以非常陌生的姿態靜默數秒，直到回收考卷的指令將我們無聲的對峙打斷。她沒什麼好說，我自然站不穩立場質問。

要質問什麼？為什麼說沒讀書還考那麼高的分數？抑或是，妳是不是其實有讀書？

第一，妳成績向來差勁，她輸了妳心裡不平衡；第二，她其實有讀書，還是輸了妳，她更不高興；第三……

除了成績，妳可能還得罪她，像是，其他朋友或喜歡的人。

想起尹煙對我說過的話，答案呼之欲出，我卻不願意相信。

自欺欺人不去探究，便不會成為現實。

「尹煙外找。」

隨意坐在桌子上的尹煙自英文單字中抬頭，辨析聲音順著朝窗口望過來，蹙了眉，唇瓣輕輕溢出嘖聲。

沒有放下單字書，她注意一眼時間，經過一片人群喧嘩，清冷無謂的氣息撞上我的眼瞳。

我縮了肩膀，知道來錯時候了。

打量我數秒，不等我醞釀話題開頭，她涼涼的問：「怎麼了？」

「會長說園遊會宣傳單草圖在妳這，讓我跟妳拿兩三張，活動部有幾個小高一他們說補習班都可以幫忙印。」

「請補習班印，是背面放他們的課程資訊？」

「貌似是這樣。」

尹煙撇撇嘴，「真醜。」

我失笑，看著她一貫的孩子氣。話雖如此，她仍返回座位，從桌墊下抽出幾張紙遞過來。

主要任務完成，我撓撓頭，思考如何開口。

察覺我的躊躇，尹煙環抱手臂，嗓音清洌的開口，「長話短說。」

「咦咦咦、就是，我想問，上次妳為什麼會說，明明有念書卻要說自己沒念。有讀書不是一件值得被稱讚的事嗎？」

這個邏輯我始終想不明白。

半晌，她眼底滲出一抹笑意及很深一層的輕嘲，長而密的睫毛微翹向上，懶懶靠著窗台，她拄著下巴，一切舉止都漫不經心。

「裴宇薇，有時候我很羨慕妳，羨慕妳不在意成績的高低。」

我神情八成像是個懵逼。

「妳可能不懂，當成績維持在一定的高度，所有人都視妳的分數是理所當然，誰管妳是用一分力氣或是十二分力氣在努力。所以，當妳考差了，別人沒說話之前妳會先受不了自己。」

眸光像是覆上一層霜，陽光傾落在她的身上，卻沒增添任何暖意。她的嗓音像碎冰，輕描淡寫冰山一角的壓抑。

「所以，有時候我們只能對自己扯謊，為了騙過自己，必須連朋友都欺騙。騙他們自己沒有讀書，成績高了可以得到讚美，成績低了不會對自己那麼失望。」

初上高二，但是，升學考來勢洶洶。

回頭望，最無憂的年紀已經落在身後太遠太遠的地方。

第三章

有時候語境太過溫柔，有些人妳太捨不得，所以就算
就算知道不是自己渴望的那種關係，還是捨不得離開，捨不得說不要。

——知寒

學霸的世界果然連煩惱都跟我是不同等級的。

但是也是，從最初的起始點便不相同。　個有廣闊天空可以進步，一個是一失足成千古恨的懸崖。

抱著石頭般沉重的後背包沉思。學校側背包隨意仍在圓桌子上，下巴擱在因為書本重量站得挺直的書包，雙腳能踩著地，仍沒有章法蹭著地面晃了起來。

偶爾隔著玻璃側頭看過去，身著超商制服的男生姿態輕鬆的過著條碼。彎身取貨、回頭泡咖啡，甚至是側身跟搭班的女店員交談，每一個動作都值得人側目欣賞。

很想衝上前將近乎靠在一起的頭分開。甩了甩手，還是作罷。

發呆將近半小時，我垂下腦袋發訊息給夏辰閔。

「今天發的數學考卷我及格了。」打完訊息，按下送出。

男生彷彿因為口袋的震動，掏出手機看一眼。眸光微動，他朝店外看過來，與我四目相交。不過是這樣被他靜靜看著，腦袋便亂成一片。

我抬起微涼的手指按在手腕，摸索著跳動的脈搏，盯著時間默數心跳。愣愣的數、愣愣的反應，原來遇上夏辰閔我就是會這麼不對勁。

隔著兩個戶外桌的距離，一群男生抽著菸嬉鬧著。滿口穢言夾雜著刺耳的笑聲，偷偷又瞄了五六個染著奇異髮色的人，低腰牛仔或垮褲，帶著一身痞氣。

明明是幼稚到不行的話，一群人仍然笑得張狂。我皺了眉，起身進了商店，蹲在零食區猶豫不決，心情不好要吃巧克力。

隨著自動門開闔，晚風將外面越來越熱烈的喧鬧推進來，店內的客人都好奇觀望幾眼，或留在用餐區或買了東西快步離開。

沉吟太久，雙腳都麻了。我歪歪斜斜的站起來，右腳還曲著，等麻麻刺刺的感覺過去。這時發現室外的嘈雜好像已經變成兩群人的對峙。

瞇了瞇眼睛，躲在架子後面，恰好露出頭，目光遙遙看過去，心一驚，一群人逞凶鬥狠，連棒球棍都拿起來了！

失措的扭頭看夏辰閔，他眉目像結一層冰，浸染著嘲諷與不耐，帶著禮節的疏遠或柔和一絲都沒有，單手放在口袋，另一隻手似乎在撥電話。

我咬了唇，更加積極關注戰況。兩三張鐵椅子已經被掀翻，撞出極大的沉響。路人隔著老遠指指點點，夾雜少許薄弱的勸解。看著被揮舞的棒球棍，我膽戰心驚，砸傷了誰我不管，要是……要是。

腦袋一熱，找回神智的時候我已經站在感應門前面。

當其中一個反戴鴨舌帽的男生作勢高舉了棒球棍，直直對著面前另一個光頭男生，帶著狠勁要揮下，我著急的衝了出去。

「啊啊啊啊！」手下留情。

太緊張了我預設的阻止警告哽在喉嚨，一點氣勢都沒有，只剩下無意義的語助詞。

顯然那個人也愣住，啐了一聲髒話急急要收住攻擊，沒收好，哐啷響亮砸在一旁的鐵椅，紊亂的現場被突如其來的我打亂。

沒有人回過神，我的腳還在抖，抖得十分厲害，快抽筋那種。

「臭女人妳神經病啊！」

「搞什麼鬼啊！妳幹什麼東西！妳是他馬子嗎！」

抖抖瑟瑟的，對上五六個人高馬大的小混混，我卻晃了神，我到底怎麼攥了勇氣衝鋒陷陣的。

「裴宇薇。」冷硬的聲線自混亂的咒罵聲中傳來。

我知道是他。只是沒力氣回頭，眨眨眼，紅了眼眶，鼻子狠狠發酸。

力氣用盡了，我有點餘悸，有點脫力，手忙腳亂有扶住什麼支撐。一隻強而有力的手臂忽然伸過來，牢牢拖住我的臂膀。凝視夏辰閔的側臉，他蹙了眉，身體稍微靠近，使我得以依靠，我鼻子一皺，表情快哭出來。

「繼續鬧，千萬不要停，最好也不要跑，警察等一下就來了。」

鬧事的人面面相覷，幾雙眼睛裡充斥著不甘心及遲疑，最終，一哄而散。

我很好奇。此刻冰冷如冰刀的聲息，與他平時春風和暖的嗓音截然不同。微微仰起頭，只看見他的清楚好看的喉結。

鬼迷心竅的，伸出顫顫的手摸了摸。

他渾身僵硬，低頭瞅過來，眼神像是漆黑夜空的延伸，沉潛著不可言喻的思緒。我直覺他生氣了，趕緊裝作若無其事收回手。

嘿嘿傻笑兩聲，誰叫我調戲了他。

那麼，不知道以身相許行不行。

「裴宇薇我看妳真的是神經病。」

「啊？」眼裡暈著霧氣，我眨眨。

他不追究我的揩油，劈頭罵了我神經病。太出乎預期了，我傻愣住。他隨意鬆開手，放得毫不猶豫。

我腳下踉蹌，染著水光的眸子有迷茫、有委屈、有後怕。凝視他俊逸的側臉，想哭的感覺跟隨方才的記憶湧了上來。

瞄一眼被棄置地上的球棍，我吞了吞口水，我真是勇猛。

「是想知道妳腦袋硬，還是球棒堅固是嗎？」冷冷哼出諷刺，他柔軟的烏黑髮絲有些亂。

我眼睛一瞇、嘴一扁，頓時哭了出來。

雖然沒有鬼哭狼嚎，只是一抽一噎的，「我、我當然知道是棒球棍硬啊！可是玻璃總會比我的腦袋脆弱吧，我都嚇死了你還凶我……」

不好說出我想過要空手奪白刃，恐怕會接受巨無霸白眼。

淚眼婆娑中，他的輪廓十分模糊，漫出深瞳的怔然卻彷彿躍然紙上。最後，抿起的薄唇勾勒出我不明白的情緒。

我就是覺得他還在生氣，他怎麼在我面前總是愛生氣！

「這不是你叔叔的店嘛，我剛剛都坐在門口了，就幫你守護一下呀。」

「都來了坐門口幹麼？」

「思考人生。」

頓了數秒，他回嘴。「是思考豬生。」

念在他神色太冷，不跟他計較。頂著他示意的眼神，我默默進了超商。

突然想起，「你真的叫了警察？」

「唬他們的。」他面不改色。高手呀。

「可是我剛剛看見你用手機了。」

他側頭看我一眼，我咳了聲尷尬，不小心暴露自己太過注意他。他依舊給了答覆，「在聽別人傳的語音。」

抹抹臉，想擦去淚痕，白熾的光線掠過臉頰，刮過皮膚。

對著手機內建鏡頭的自拍模式觀察，眼睛有些腫了。儘管只有不到五分鐘時間，好像還是哭慘了。

感覺到身旁目光灼灼，以為夏辰閔會扔下我回到櫃台裡面。稍微偏頭，發現他站在左後方，籠在深眸上的一層薄霜已經消融。

「我是在檢查眼睛。」不是我自戀呀。

他說的卻是另外一件完全不相干的事。

「妳週末都來店裡吧。」

「啊？」這是真的嚇得不輕。

「我教妳數學。」

他唇角的弧度清清爽爽，勝過晴天清晨的空氣。他彎出一個蠱惑人心的笑容，他黑亮的瞳仁裡映著我蠢兮兮的模樣。

「當作早餐的回禮。」淺笑是暖的、聲音是軟的。夏辰閔揚眉，「學數學不要像平常一樣耍賴，沒用。」

像是警告，我卻感受出一點無奈與縱容。

心都要化了。

◎

週六的早晨讓雨水浸濕了。

但雨水沒有打濕我的雀躍，鬧鐘還沒響，已經站在全身鏡面前穿戴整齊。盯著腳下的襪子，思索著顏色有沒有搭配上。房間門外是裴宇信走向客廳轉開電視頻道的聲音，正好讓他幫我解決老爸準備的那份早餐。

到超商沒消費怎麼好意思賴著用餐區不走呢。

扯扯衣角再一次整裝，長長吐出一口氣，「裴宇薇，今天要忍住，不能再耍笨，說話要三思三思三思呀。」

多少要挽回一點破壞殆盡的形象，用力拍拍臉頰又驀地住手，深怕將前幾天塞進腦袋裡的任何公式震出來。

打開抽屜，揣了幾支昨晚特地到糖果店買的棒棒糖。要是夏辰閔批評我朽木不可雕，我就能拿糖賄賂了，真是機智呀。

準時九點坐到用餐區的角落，一手持著養樂多樂呼呼吸著，一面低頭認真研讀數學課本章節前的說明，看得我暈頭轉向。

眼角餘光瞄見夏辰閔整理好茶葉蛋，立刻僵直坐姿，裝出一副好學生的姿態。懶散習慣了，我哪懂正襟危坐的真諦，腰痠背痛。

他敲敲桌子，「先自己讀讀看，哪一部分看不懂就標示出來，尤其定理的推導，一個地方不懂就問。」

他認真起來我超級害怕，囁嚅著應諾，打起一萬分精神。等到夏辰閔下一次有空檔靠過來，我只有三頁的進展，其中一頁還佔滿令人費解的符號。咬了咬吸管，我露出無辜的眼神。

「現在嫌棄我來不及了，夏老師……」

他眉角一抽，望一眼櫃台，工讀生處理著三三兩兩的客人。收了腳步，他安心在我對面坐下來，手指抵上課本轉向他。

我忍不住向前靠近。

眼底的煩悶大大被幸福覆蓋過去，目光落在他因為輕輕低頭而落下的劉海。髮絲遮住他的眼睛，他唇角微微彎著的弧度卻是一覽無遺。修長的手指握起筆，手背上浮著輕輕淺淺的青筋，動筆十分輕快迅速，像是不假思索。

都說字如其人，他的字稱不上工整，偏小，帶點行書的灑脫。我眨眨眼睛，回憶起當時與倪允璨笑鬧時，他便是端著笑笑的神情。

他自己都沒有察覺，我也刻意不去觸及，深怕這份不確定，瞥眼就成真。深怕他如星的目光只在倪允璨面前才露出真誠的笑意。

喜歡這種東西，摀住嘴巴都會偷偷傾瀉在眉眼；喜歡這份心情，不說話都會閃爍在雙眸裡。

「別發呆，我剛剛說的妳聽進去了嗎？」

「噢，啊，對不起……」拉回注意力，低頭，講義已經轉正。發現我演算千百萬次都跟答案對不上的題目，作答欄寫著幾行式子以及得出正解的井字號。

他似笑非笑，「早餐沒吃飽所以精神恍惚？」

「哪是！我吃了，吃得很飽。」聞聲，立刻下意識反駁。瞄一眼手機的時間顯示，我嘟囔，「而且現在是十一點多，快到午餐了。」

讀書就是燒腦，我的……不知道是葡萄糖還是肝醣，消耗得好快呀。

他無語，好氣又好笑。被他盯得有些不自在，我轉轉眼珠，隨手指一處，「啊，這題，你怎麼知道是用這個公式？」

「它既然是要求x、y、z、q的關係，妳將所有題目給的線索畫上去，就可以看見兩組中線定理。」

「喔。」

「這種圖形題，最好都先將線索畫上去。有些題目上給得模糊的，妳也要推出來，像是一比一這種特別比例的。」

「記住了。」

他順勢拿筆敲了我的額頭，語氣太溫柔，「不是只記住，要會運用。」

忍不住眸光一縮，倉皇撇開眼，捏緊書的一角，平復著呼吸。在我眼裡的夏辰閔是一個複雜的定位。遊學時期的陽光明朗，初重逢時的嘴壞疏離，倪允璨身邊的寵溺真誠，連鬥嘴都那麼自然。

如果可以，我想要最後一種。

思緒遠了，我怯怯開口，「那是我跟它還不熟嘛。」

「那好，我隨便翻翻，這一單元也就八百，今天都寫完。」

裴宇薇妳不坑死自己不痛快是吧。

◎

轉眼，十一月中旬的運動會賽程已經發放到各班級，同個星期舉行的園遊會也如火如荼準備中。

至於十一月初的期中考，我表示盡人事聽天命。

夏辰閔幫我補了三個星期的課，為了不辜負他，我也學得特別用力，連英文單字都少背好幾個，差點被英文老師吊起來打。

數學與物理兩科拿下了前所未有的成績，在夏辰閔眼裡大概是差強人意，但在我眼裡是喜從天降，老師也驚艷的成績。

天天被張凱嚷嚷著，「黑馬、黑馬。」喊得我很心虛，喊得我莫名覺得對不起嫚嫚。吊在懸崖邊緣的理科奇蹟似的救起來，雖然英文與社會的背科因為沒有充足時間準備，分數沒有之前好，但是，總排名還是進步了。

只有此刻，我才意識到理科成績對文組學生的重要性。

台前在表決園遊會擺攤的事情，導師的國文課時間被佔用了。也許顧念期中考初結束，班導師睜一隻眼閉一隻眼。

「賣日式炒麵挺好的，支持支持，男生就綁條必勝頭巾在頭上，再穿個吊嘎，非常日本大叔。」我提議。

「對對對，還要拿個紙扇子，紅藍相間的那種！」一旁有女同學附和。

「裴宇薇妳是想冷死我們啊，這種天穿吊嘎！還有妳，不要跟著腦殘瞎起鬨！」

「現在是早晚天氣涼，大中午的，要不要身體那麼虛！」

得到其他人附和，我更起勁了，「是吧，我知道有一款日式醬油很優質，連鎖超市就有，味道好、價格親民，麵條的話，賣場買也不貴。」

立刻被張凱鄙視，「妳這推銷方式很溜啊，補習街賣過愛心筆嗎？」

「呿，賣愛心筆的會先打感情牌好嗎。」看著提議被寫上黑板，頓時跟張凱躲在後面互掐。我揚著聲音，洩漏滿滿笑意，「應該是這樣，同學同學，耽誤你幾分鐘，請問你是哪裡人……」

語畢，跟張凱笑成一團，他快岔氣，我抹了抹眼角淚花。

抱著講義從科任辦公室回來的嫚嫚看到了我們旁若無人的鬼扯。我餘光瞥見熟悉的鞋款，艱難地抬起頭，只是姿勢不讓。

我氣結，「張凱滾開，別壓著我，霸凌啊。」

「誰霸凌妳，我們這是和善的打成一片。」

「打你個……」每個字都像是從齒縫出來的。

感到嫚嫚步伐沉重的手了過去，膝蓋撞在桌腳的聲音特別響，我不能假裝聽而不聞。

其他同學鬧著拱起班對，「體育股長哪敢欺負妳！他懼內啊哈哈哈！」

「對，什麼霸凌我們沒看見，這是相親相愛哈哈哈。」

相親相愛個鬼，一群人腦補太多，考完試各個智商下降得堪憂。

總算擺脫箝制，我踱步到嫚嫚座位旁。手指才要拉住她的衣袖，倏的，她垂著頭站起身，隨手抓了桌上的保溫瓶，從另外一邊錯身離開。

還沒抓牢她，愣愣看著手，彷彿感受到捧起的流沙溜走的無力感。

「嫚嫚、嫚嫚！」

她腳步未停，走得飛快，像被猛獸追趕。抬腳追上去，停在教室門口，我朝班長高喊，「我投日式炒麵跟珍珠奶茶，一定要記票。還有，我跟嫚嫚去廁所！」

她下樓的前一刻，我在走廊盡頭及時拉住她。

腦中千軍萬馬般呼嘯過太多太多念頭，什麼都要顧慮，一句關心都要斟酌，綁手綁腳，不如全部都攤開吧。

「嫚嫚。」我深吸一口氣，「如果妳喜歡張凱，我支持妳，當然也會盡力幫妳。」

她瘦弱的肩膀輕輕抖動，點亮在眼底的光晃了晃，霎時沒有吭聲。

低頭喝一口水，佯裝鎮定，但連指尖都在微顫。彷佛好一會兒才找回勇氣、找回聲音。「宇薇，妳、妳怎麼知道的……」

這是沒有反對的默認了。

鬆一口氣的同時，心口浮起一股無以名狀的涼意。我搖搖頭，都是我的好朋友，如果可以走到一起該有多好。

淺褐色的長髮直瀉而下，將大半張臉都遮住，卻不影響我捕捉到她臉頰的紅暈。

她承認了就好。我們之間再也不要有祕密、再也不要有猜忌。不要再無緣無故針鋒相對，陷入冷戰。

我珍惜這個朋友。也許，她將對張凱的這份心意看得更重一些，但是，她沒有做錯什麼。

她沒有真正傷害我，儘管我會難過。

「這種事情妳不告訴我，有沒有當我是妳朋友？這種事情我躍沒發現，我還稱得上是妳朋友嗎？」

陽光被擋在牆後，只有微微的光，她的面容籠罩著大片陰影。用著假意生氣的口吻，活絡了凝滯的氣氛。我的聲音宛若敲打在玻璃上的雨點，清晰乾淨，眼眸閃了閃，竟發現她眼角隱隱的淚光，我不禁心裡酸眼睛酸。

我吸了吸鼻子，忽視泛起的酸意，「妳哭什麼，妳有什麼好哭的，我才想哭。」上前抱住她。

嫚嫚身高比我矮些，垂放身側的手遲疑片刻，帶著釋然環上我的腰，「對不起，對不起，宇薇。」

「有什麼好道歉的，我不喜歡張凱，張凱對我而言就是好朋友，妳喜歡他不用跟我說對不起。」

「不是的。」她的眸子濕潤潤的，嗓子升起哭音。

她將我抓得更緊。「對不起，明明是我自己不敢主動跟他說話、不知道可以跟他聊什麼，看見妳跟他自在的相處就不開心，看到他和妳好就忍不住、忍不住遷怒妳……」

「那些都沒有關係。」

嫚嫚怔住，一滴晶瑩淚水噙在眼眶，「為什麼？」

為什麼？我反覆在心中也詢問自己為什麼。

不是清高大度，老實說，我任性小心眼。可是，我想，我們那麼要好。我想，她心裡有一分將我當作朋友，我可以不去計較。

「因為，妳是我朋友嘛。」

像是為運動會最後倒數的日子漲了氣勢，一連幾天，天氣好得不可思議，陽光傾洩、天空蔚藍。

結束課前的體操，一群人隨地癱在跑道上，等待老師拿接力棒和碼表過來。身為體育股長的張凱則被派去跟同一節體育課的班級交涉比賽。

明天就是運動會，這堂課是最後一次可以好好練習的機會。勝負欲強烈的張凱樂顛顛跑去邀約去年的冠軍班級。

但是，對我來說不重要。

「妳說我們學校為什麼老愛跟清陽高中比？連運動會日期都要選在同一天，這樣不就表示我不能去給夏辰閔加油嗎？」我向嫚嫚抱怨著。

「就算不是同一天，運動會通常是在星期五，我們也要上課。」

「不管呀，要是有其他爛桃花幫他遞水、遞毛巾怎麼辦！」

原本只是隨意發著牢騷，越想越覺得可能性飆高，我抱著腦袋，好不容易擠出一點主意。

雙眼亮晶晶，我燃起希望，「還是我讓我弟幫我送？」

驚愕的情緒落進嫚嫚向來溫和的眼裡，她拉下我高舉的手，動作很輕盈，我還是順勢乖乖坐回來。

等待被訓話的小學生模樣。

「宇薇，妳覺得當兩瓶水擺到他面前，他會選女生送的還是男生？」

我撓撓頭，「男生也有機會吧。」

似乎拿我沒轍。嫚嫚抿了一口溫水，耐心接話，有循循善誘的味道。

「不管他會不會收，我覺得妳弟不會答應。」

「為什麼？又沒有讓他花錢。再說，一瓶運動飲料也不用三十元，比一個大亨堡便宜！」

「不是錢的問題，一個男生特地給另一個男生送水，怎麼想，畫面都很奇怪。」

有點道理，我必須將夏辰閔扳直，不能再製造任何走偏的路徑。

頓時，問題又沒有解答。我垮著臉，看來只找其他方法見一面了。嫚嫚來不及安慰我，伴隨著老師的哨聲，體育股長已經拍著手要選手注意集合。

我望過去，友誼賽對上的是一班，我們學校的語文資優班，看來是沒有邀到去年的冠軍。隔著零落的人影，許多人相互依靠著拉筋，我看見在草地上預備的尹煙。俐落跳起身，扭扭腳踝與手腕，露出爽朗的笑，「嫚嫚我先練習去了。」

「啊，好，我在旁邊幫妳加油。」

運動會當天，我繞了路去買肉蛋吐司。天色還很暗，這家早餐車早餐店如果不提前排隊，肯定大排長龍，售完會讓人心碎。

靠在每天與裴宇信分別的巷口，信步在原地打轉著，期盼的引頸朝著另一頭張望，方向不對，我自然不是等裴宇信。

滿心歡喜為了迎接這天，過去整整一星期都在房間窗戶上掛起晴天娃娃，也許只是求個心安，但有志者事竟成呀。

攥在手裡的手機震動了，我喜孜孜低頭看，傳來的訊息是，「再三分鐘。」

飛快按了柴犬搖尾巴的貼圖過去。

仰首舉起手機，拍了一張白雲稀薄的天空照片。遠遠已經看見他披著光影走來，我盯著往遠方延伸的路面，光線落了下來，將他寂寂獨行的身形映得非常巨大。

有時候，看著夏辰閔緩緩走近，我都覺得他身上散發出寂寥。

讓人特別想要給他擁抱。

抿了唇，他是溫暖的人，寂寥這樣冷系的字眼不適合他，我只能解釋成自己太想找理由抱抱他了。

抬起頭，最後幾步差距我小跑步補了上去，抬高了手，拎著的塑膠袋晃了晃，晃出塑膠袋摩擦的聲音，還有烤肉與半熟蛋的香氣。

我聲音清澈。「給你。」

「特地要我過來就是給我早餐？」

「對啊。」我用力點頭，理由正當。「你看起很嫌棄。不要這樣呀，雖然我送過很多次了，這次還是不一樣的。」

他挑了眉，頎長的身形替我擋掉陽光，照在他身上，延伸在壁面的影子極為狹長，看著兩道靠得近的影子，抿起唇克制微笑。

老實說，對於他會不會答應繞過來，我一點把握也沒有。擺盪的心情不安喧囂著，當他出現在轉角，然後，緩緩將差距縮短，最後站在我面前，簡直比大隊接力超越一個對手還興奮。

「哪裡不一樣？」

對於他的打擊，我依然可以樂呵呵面對。

「這是我親自買、親自送，品質保證。」滿滿愛心。

他收起了笑，曲起手指揉揉眉毛處，似乎拿我沒轍。如果我不要臉一點，可以姑且當作對我的縱容，不然單戀的日子有點難熬。

與我殷切期盼的眼神對峙許久，也許不過十秒，但足夠我焦慮了。害怕他拒絕，拒絕我買的肉蛋吐司跟拒絕我，只有兩格層級差別。

內心兀自胡謅，閃神之際，他接過我高舉的紅色塑膠袋，趁著我發愣，窸窣從背包裡掏出另一個袋子，放入我還沒收回的手。

「這個是？」

他用指背蹭蹭鼻尖，眼光裡掠過一絲難為情，輕輕咳嗽，「法式吐司，還有鮮奶茶，甜度應該是三分。」

「你做的？」

「對，很普通，或者還是換……」

不能反悔，我連忙抱緊，頭搖得像波浪鼓，嘴上倒是對不上，看起來挺忙的，落進他眼底約莫是愚蠢。我執著的說，「我要。」

落下的眼瞼遮住一絲情緒，他難得將話題延續。

「鮮奶茶是我媽做的，很不甜。」我居然聽出他隱隱的嫌棄。

「夏辰閔你螞蟻是吧。」

像是被說破心事，他眼角抽了抽，薄唇微抿，耳根漲紅著。我只好在心裡偷笑，朝他伸手。「還有棒棒糖嗎？再給我一根，行不？」

「吃糖要多喝水。」

左支右絀捧著他遞過來的糖與未開封的礦泉水。下一瞬間，頭頂感受到他厚實的安撫，輕輕覆了上來，居然比陽光溫暖。

我以後都不洗頭了啊！咬緊下唇，我怕自己露出太痴漢的表情。

他坦然得彷彿我思想不純潔了。

視線裡他的笑容放大到不可思議，輕風拂面，他的頭髮看起來很柔軟，彎彎的唇染著驚心動魄的暖暖笑意。

我一直都知道，他溫暖起來隨便都能讓人暈乎乎被拐了。

「沒辦法隨時都能刷牙，多喝點水當作漱口。」

※

一如往常，運動會順利落幕。天氣十分爭氣，曬得所有人待在草地上聽閉幕都咒罵連連。哪個班級創意進場表演奪冠不重要，班際大隊接力或趣味競賽沒拿下前三沒什麼，向來讓人引頸盼望的運動會突然間無聊了。

「如果現在妳是在清陽高中就不會這樣了。」嫚嫚輕笑著揶揄。

「是啊，沒有他我就沒元氣。」

她掩嘴笑起來，見我對一罐便宜到隨處可見的礦泉水愛不釋手，好奇的問：「怎麼了？妳平常都不怎麼帶水的，今天死不放手。」

誰碰一下我就跟誰發瘋，可憐張凱的耳膜被我毒害一回。

我當時急得只剩下尖叫，誰准他喝我的礦泉水了？過去他要怎麼鬧我不管，我既然知道了嫚嫚的心事，就需要保持距離。最重要的是，那是夏辰閔送的水。

他找死也不用這樣。

我得意笑了，「夏辰閔給我的。」

「很好猜，也就只有他會讓妳笑得像三歲小孩。」

我嘆一口氣，「唉，今天大概要開心到睡不著了。」

「不行，今天要睡好睡飽，好好養精蓄銳，明天園遊會妳期待那麼久。」

「別擔心別擔心。」擺擺手，「只要不是壓著我讀書，事關玩樂，前一天就算累成狗，隔天我照樣能虎虎生風。」我一番語，立刻遭到並排張凱的白眼。

明天絕對是城市最熱鬧的日子。同為明星高中的清陽與清華同時舉行園遊會。聽說是兩校行政高層共同決議出來的日期，畢竟都是升學取向的學校，自然不願意人心的浮動拉長戰線，相互影響。

幸好是星期六，不會像週五的運動會被規定所有人必須留在學校。確認了班務和學生會鬼屋工作人員的排班，有空閒時段可以溜去清陽玩耍。

給夏辰閔的可憐兮兮邀請信早在兩星期前已經發送，之後的日子都死皮賴臉的耳提面命。他維持一貫風格，不答應也沒有拒絕，回答得模稜兩可，要是真的來不了，也可以推託是沒有答應。

其實是善意的，不跟我約定、不給我希望。

但，還是氣死我了。

儘管一個晚上翻來覆去並不安穩，照鏡子肯定有讓人絕望的黑眼圈，我還是迅速按掉鬧鐘，拖著綿綿軟軟的身子到窗前。一把扯開淺粉色的簾子，光線爭先恐後湧進，一年一度的園遊會活動如期來臨。

倒是得到預報之外的晴天，萬里無雲。

裴宇信那個小屁孩又在鬼吼鬼叫了。

「姊妳起床沒？我要提早去班上準備攤位，再慢就不等妳了。」

「來了來了，裴宇信你不要沒大沒小催我。」

「這是兩回事吧！」

表情依舊唾棄得很，動作卻是不相符。他放下書包又坐回沙發，無奈端起被我推遠的手工五穀米漿，默默吃這個悶虧。誰叫我不吃五穀雜糧類食物是天下皆知。而它的出現，全因為老爸的養生觀念根深柢固了。

碎唸著有朝一日定要讓老爸的放下下廚的興趣，一面吞下滿滿蔬果的早餐。

所以說，十七年來順遂的少女人生注定折在一個人手裡，就是夏辰閔沒意外了。

「所以你要下午才能來？」

艱難退出擁擠的人潮，周遭鼎沸的人聲太影響收音。滿滿嗡嗡的雜訊，伴隨著駭人的驚叫，我擰緊了眉，閃身躲進女生廁所，浪潮似的喧騰才因此退散些。

讓人汗流浹背的炎熱，自己的聲音聽來都黏糊糊的。

「學生會弄了一個體育祭，我有項目要參加，上午是一定不行。」電話那頭的夏辰閔說著。

「喔，幾點呀？還是我可以過去看？」

他的聲音遠遠飄來，像是隔絕了熱氣，帶著清爽的氣息，「那個時間妳好像在鬼屋裡忙。」但是一點都不厚道的幸災樂禍。

「夏辰閔你是不是偷懶不想過來？」

「如果真不去，我有需要找藉口？」

也是，這人說話實在算不上和藹可親，越相處越深刻體會。

嗯，可見我真的喜好特殊，簡稱自虐。

忍不住抱怨了，大概有點以下犯上的感覺，「你們學生會幹麼呀……搞什麼體育祭嘛！」

全然忘記電話彼岸的人擔任活動部部長一職。

可以想像他揚了眉，黑黑的眼被暖光打亮，「當然不像你們多才，化妝扮鬼嚇人。啊，我看妳應該是換個衣服進去就可以了。」

這種程度的諷刺要是聽不出來，我文科班也不用待了。

磨了磨牙，夏辰閔最近真的對我越來越……坦率得我又愛又恨，彷彿我們之間熟稔了不少，可又覺得是他單方面輾壓我，心情複雜。

「謝謝，我當作你稱讚我皮膚白。」

「裴宇薇妳吃錯什麼藥，讓妳對自己有這麼不科學的自信？」

「我的自信是渾然天成，沒有任何添加，不經過基因改造。」管不著他不會看見，挺起胸膛，尾音已經因為笑岔氣抖了音。

「我相信是基因突變，裴宇信就很正常。」

正要繼續跟他胡言亂語，話筒邊忽然響起許多呼喊，夾雜著一些玩笑，像是「……幹什麼？女朋友查勤嗎？」「紅杏出牆你青梅竹馬知道嗎？」、「當著副會長的面你金屋藏嬌……」每一句都不營養。

唉，女朋友三個字真是不敢當，確實，還有青梅竹馬是大魔王呢。

夏辰閔約莫是將手機拿遠點，揚起的聲息是他似笑非笑的回應語氣。說了什麼聽不清楚，可是下一秒空氣都靜了。不得不承認，他狠起來挺不是人的，絕對是被教壞的。笑起來那麼溫暖，對我舉手之勞那麼多次，誰會信他有冷冷冰冰的一面。

「還在嗎？」

「喔，你是不是得去忙了？他們喊得有點急。」

默了半晌，夏辰閔呵呵冷笑，「是排球隊的，比賽排程剛出來。」不打算挽救朋友們的形象。

「好吧。」再見兩個字梗在喉嚨。裴宇薇妳真是越來越貪心了，纏著人講這麼久電話，什麼身分呀。「嗯，夏辰閔你要來的時候告訴我吧，我到門口接你，行不？」

「清華校地沒有大多少，怕我走丟？」

腦子一熱，我脫口，「誰怕你走丟，想讓你第一個看見我，殊榮知道嗎！」

夏辰閔一出場百分之百萬眾矚目，我必須去守好防線。

但是，他哪會懂我的憂愁，「謝謝，我敬謝不敏。」

聽說體育班的人在司令台前玩瘋了，連班導師都遏制不住，幾個人輸了打賭被扔進烏龜池，聚集許多學弟妹圍觀。

費力擠出了廣場搭起的平台前線，拿著學生會工作證就是可以招搖，欣賞熱舞社表演都可以無條件暢行到搖滾區。

本來也想過去瞧瞧，敲敲手機螢幕，眼見輪班時間要到，一來一回八成耽誤時間。摸著我那顆跳動的良心，咬了牙忍住，堅定轉身跑遠。

中途路過班級的攤位，嫚嫚硬是塞了一盒炒麵給我。是失手灑太多七味粉的，現場沒有人吃辣讓我帶走。忽然被餵養，食慾都開了，從後方桌子多拿一杯奶茶才走。

於是，滿載而歸，幸福到遭人妒恨。

「裴宇薇妳耍廢過頭了啊！我在裡面裝鬼嘶吼，能量消耗的速度簡直光速，妳一個閒人居然在進食！」

我也不客氣，將吃到只剩醬油的空盒端到張凱面前。「鬼吼鬼叫的渴不渴？還有一些醬油賞你，日式道地的。」

他頓時氣笑了，挨在臉頰邊搧著微弱的風的手一滯，伸過來要攻擊我。但他不能距離休息室太遠，會暴露身分，所以我吆呼著大笑，一面退開到排隊人潮看得見的地方。

我這樣鍛鍊他理智線的韌性真夠朋友，簡直要被自己感動一把。

「裴宇薇有本事妳不要逃。」他盡力壓低沙啞的聲音。

「沒本事，不好意思。」我也夠乾脆。

「裴宇薇小姐過來交班，禁止打情罵俏。」

最冷血無情的毫無疑問是尹煙這女人。同為女性同胞，她的字典裡不光缺少手下留情，連憐香惜玉都沒有，我委屈。

比委屈更多的情緒是不服氣。

睨著張凱蒼白的鬼妝，我撇嘴，「誰稀罕跟他打情罵俏，噁心不噁心。」

「反正噁心的不是我。」

「妳們能不能在意一下我也是當事人之一了？」

「不能。」跟尹煙異口同聲。

張凱吃癟，一個讓學生會前會長護著，他動不了。一個掌握他國文小考成績，他不得不屈服，一時間臉色十分精采。

我很捧場的捧腹笑到眼角泛淚，不顧尹煙一臉觀望智障的神情。然而，樂極果然會生悲，張凱一鼓作氣衝上前，身手矯健扯過我的臂膀，氣得我直喊勒索擄人。

好，氣到笑出來的是尹煙。我抖了抖，差點想土下座恭敬道歉。

這可愛外表的少女內心十分殘暴，誰都惹不起。都說一物降一物，除了前任會長還真沒有別人了。

嗚嗚嗚，最好她也栽在一個人手上。當然我只敢在心裡腹誹，連偷偷在腦中上演飛踢也沒膽。

惡狠狠瞪了他一眼，張凱他就該成為標靶，稱職的替死鬼。「你別煩我，小心我告你妨礙公務。」

「呿，自己貪吃貪玩，現在還要拖我下水。」

「說誰貪吃呢，我覺得你這樣不行，勸你是好好思考後再說話。」瞇起眼睛，皮笑肉不笑地睨著他。汗水滴濕他的臉龐，打理好的頭髮都非常不敬業的凌亂了。我眉心跳了跳。

瞥向桌上的電子錶，休息時間快要結束了，覷了尹煙一眼，心裡欲哭無淚，再不好好正襟危坐到崗位上，我恐怕會被推去當鬼。

「我們親愛的副會長，這邊工作我來就可以了。」

「該怎麼標記會議上都說過了，妳在驗票的時候截角記得要撕好，然後隨時跟出口的工作人確認的出場人數，不要一次放太多進去。」

「好好好。」我頻頻點頭。

「有些外校生是網路上表單預約的，現場換票一定要請對方在最後一欄簽名，記住了。」

「行的，給我一點信心。」露齒一笑，但尹煙立刻毫不猶豫拍下我豎起的大拇指。她眨眨眼睛，似乎盡力讓我看見她眼光裡的無辜。我扁了嘴，「妳待會要去哪？去過清陽了嗎？」

「還沒，也不想，熱死了。」尹煙就是尹煙，俐落。

她懶得多解釋去向，解下工作人員的掛牌妥妥扔進工具箱裡，果斷繞出隊伍離開，只是擺擺手回覆張凱說再見的喊叫聲。

也許陽光太熾熱，將遠景照得浮浮晃晃，像一場海市蜃樓。下意識舔了乾澀的唇，抹抹汗，不要是要中暑了。

身體的熱氣已經與外界的暑氣區分不開，熱死人了。

眼角餘光瞄見一道熟悉的身影，愣神一秒的空檔，重新被張凱逮回去，以鎖喉的動作壓制我。雖然用力咳著嗽，我依然沒有移開目光。

視線匍匐延伸到遠方，著急得希望可以透視。一波又一波的人群將原本的背影淹沒，我輕輕嘖了聲，心下猶豫納悶。

為什麼有點像夏辰閔……

頭昏眼花了是吧。不然，說好先通知我的，怎麼會毫無預警就出現？

太多問號盤旋，死死盯著背影消失的盡頭處，霎時忘記自己現在的處境。眼光裡的時間似乎慢下來，胸口躁動著難以言喻的慌亂，努力回神，抓回力氣掙脫張凱的箝制。

沒有察覺我的不對勁，他不屈不撓靠上來，仍舊洋溢著燦爛的笑容。我皺了眉，聲線忽然冷了，「不想跟你玩了。」

「啊？」他一臉不解，張開雙手的投降模樣沒讓我多打量幾秒。

「要麼抓個朋友幫我顧著，要麼滾進去鬼屋待命，我自己找人幫忙。」

「等等，妳這選項有點奇怪。」他抓了抓頭髮，眼裡的困惑更深一層，不知道我怎麼突然炸毛。「妳要去哪？」

垂眸看腳邊地板，話語卻是明白指向他，「鬆開，跟你沒關係。」

剛繞出座位，拽了美宣長頂替幾分鐘。幸好尹煙不喜歡大熱天，工作結束早早跑去黏著前任會長，有他在不怕沒有冷氣。不能讓她我知道擅離職守，可是，關係到夏辰閔，沒有得到確認我無法安心。

我會犯強迫症的想啊啊啊！

穿梭著，縮著身子不去觸碰到其他從身邊經過的人們，熱氣像是被圈在校園裡，尤其可以清楚看見染濕一片的衣服後背，我下意識閉了氣，越近教學區，人聲稀疏，腳步開始遲疑。會有可能走到這邊嗎？

都不知道夏辰閔是不是路痴。

「這樣就走，我跟來幹麼？」一個男生聲音響起。

明明乍聽是指責的問句，響起的聲息卻像是暖風過境，緯度平衡了溫度，清朗得恰好。

雜亂無章的思緒一揪，替自己不齒，隨隨便便被嚇到，太作賊心虛了。

簡潔明瞭的形容是，聲音超好聽。

「夏辰閔你吃醋了？我猜那個人是暗戀。」先前說話的男生緊接著追問。

偷聽很不對，只能怪罪我突然指使不動自己的腿，躡手躡腳朝映在走廊的兩道影子跨近一步，再挪一小小步。

竄進視線裡的人讓我像根木頭僵掉。真的是夏辰閔。

他為什麼一聲不吭離開？我樣子太狼狽醜得他不忍直視了？

擦得亮晶晶的大片玻璃門反射出夏辰閔的神情，愣了半瞬後頃刻露出笑咪咪的模樣，但眉梢與眼底的愉快意味極淡，跟語氣截然不同。

「關我什麼事？你以為我很在意？」

「呿，別偷我的話。」那個男生頓一下，嗓音清冷卻漫起一層笑，「在不在意你心裡有數，夏辰閔我不知道你這麼……」

這麼怎樣……

話說一半，太不人道了，我暗自扼腕。話題跳躍得我跟不上，猜不出他們到底在說什麼。

「這麼如何？如果在意，不就要對不起我們夏夏ＣＰ的稱號？」夏辰閔笑得很隨意，也有點冷漠。手突如其來勾上同伴的肩，立刻被拂開。就著些微身高優勢，美男子連嫌棄的表情看起來都很閉月羞花。

原來他就是近乎全市聞名的夏陽。

原來他就是第一名入學清陽高中的男生，包覽無數理科競賽一等獎，號稱最有手段的學生會副會長，又是籃球校隊王牌選手之一，不用說是校內培養的第一志願榜首種子學生。

「還想說什麼？」不耐煩的情緒攏在夏辰閔的眉間，儘管如此，沒有影響到夏陽半分，骨感的手指拂過汗水浸濕的短劉海，姿態從容不迫。

眼見夏陽正要垂放下的左手倏地伸長，食指朝我指過來。我驚呆了。任由兩道目光看著我，張了嘴又闔上。

「沒想說什麼，應該是你有什麼要當著她的面說。」

腦子還沒辦法流暢運作，再清越淡漠的聲息都讓人聽出一絲沒有惡意的輕嘲，一字一句都是簡單的詞，組織起來我卻一時沒聽明白。

只是抓住尾音。說？誰要說什麼？

我錯過了什麼嗎？

那個遠近馳名的夏陽那麼厲害嗎？難道看得出我喜歡夏辰閔、要我說？

「夏陽你是不是很閒？」夏辰閔出聲。

「不閒會陪你來？」

「我是路過。」因為一瞬不瞬盯著夏辰閔，我捕捉到他眼底的彆扭，彷彿有點不自在。

他神色鬱鬱，黝黑的眼眸要平常更深幾分。

每當看不懂他，或拿捏不住他是什麼情緒，我總是很孬，縮著腦袋，思考是不是自己做錯了什麼。

打擾他們男人間的交流？

「隨便你扯，自己看著辦。」這個夏陽比我們尹煙要冷漠無情的多。

平白浪費他溫暖的名字，暗忖，我這是替夏辰閔打抱不平。

夏辰閔的眼神有一瞬的飄移，俊眉輕蹙，「你要回學校了？」

「意思是不用等你？」

「你在清華有認識的人可以見面？」知道他不會丟下自己，夏辰閔語氣不客氣，帶著較真的戲謔。

夏陽顯然不是會被激怒的，雲淡風輕，彎唇輕笑，「只准你自己約會？」

他一噎，「夏陽你……別睚眥必報。」

「少擔心，我找他們籃球隊隊長，學長要我幫忙帶話。」

「誰蠢誰擔心。」

忽然覺得自己挺多餘的是正常心態嗎。

他們這官配太固若金湯了。我眨一下眼，那句「少擔心」聽來好攻，那句「誰蠢誰擔心」的駁聲好受哇。

夏陽說走就走，腳步不見快，不多時已經拐過彎，一下子便看不見人影。接著，聽見夏辰閔呼吸一沉，心跟著一緊，我小心翼翼瞄著他。

周遭只有遙遙傳來的歡笑與尖叫，瀰漫在我們之間的卻是不對勁的尷尬，過分暖和的風將我的頭髮吹拂得更亂。

他遠望片刻，收回視線落在我身上，終於有了動作。他瞅著自己的腳尖後轉身離開，一句話也沒說。

愣了一秒，我反射動作先追上他的背影。

一前一後踩著碎步，越往校園喧囂之外的地方走。我揪了揪自己的衣角，有點耐不住，遲疑著要開口，說些什麼都好。

就是覺得他在生氣，神奇的是，隱隱覺得是非常傲驕的生悶氣。

唉，這麼親暱的詞絕對是妄想，裴宇薇妳又不要臉了。

目光落在地板上，我與他只有一步之遙。他驀的煞住腳步，注意力集中在差距的我差點撞上他。

「夏辰閔……」

像是整理好情緒，眼底湧湧的深沉波瀾不起，他露出溫暖美好的笑容，如同每次相遇時的模樣，有時候敷衍，有時帶著孩子氣的真誠。相反的，我總是在他面前出糗，而且總是精彩絕倫。

噙在唇角的弧度，將眼前除了他之外的背景亮得模糊了，揚起的聲息輕佻又無辜，衝突卻真實的存在。

但是好像這樣才像真的他。

「我會喜歡妳。」

沒有驚濤駭浪的喜悅，我眨了眨眼睛，他平淡的面色與唇瓣的弧度截然不同，我正在咀嚼這句話，理解著文法。

這是現在式還是未來式？

周遭的嘈雜都要碎入時光裡，只有風拂過落葉的輕響，格外清晰。

他的手指擦過我的臉頰，我聽見自己加速的心跳聲，仰起的臉龐感到彷彿有一層金光灑下。

我殘渣似的理智都被捲進他深邃的眸底。

夏辰閔溫聲道，「純屬、玩笑。」透出一股較勁的涼意。

眼角一酸，卻沒有預期之中的眼淚滑落。也許眼前被幾滴眼淚弄得模糊，仍然知道他頭也沒回，我吸著鼻子，再帥氣好看的背影終究傷人。

就算沒有當真，也會受傷。

都說單戀最大的好處，就是可以自己決定什麼時候分手。

可是，喜歡你不是一樁玩笑，所以，我不想分手。

儘管聽見爸爸催促吃飯的溫藹聲音，依然一動不動埋在被窩裡。一連許多天如此，提不起勁，五根手指頭都數不清的鬱悶天數。

明明平時最期待老爸喊開飯的時刻，這幾天坐到餐桌前經常在發呆。

「姊吃飯了，可以移駕一下嗎？」

悶著頭，連聲音都像有雲層裹著，「不行。」其實我知道，對裴宇信賭氣只是最幼稚的遷怒。

可是，閉上眼睛，夜深人靜的時刻，當時的記憶便會一股腦湧上來佔據所有理智，扯動所有感官，鼻子眼角都發酸，滿腦子都是夏辰閔的決絕。

那天，他頎長的背影在斑駁的陽光底下漸漸走遠，無聲無息，所有清風樹葉都成了薄弱的陪襯，漫在視線遠方。

任何挽留與慰問都是蒼白的，我該拿什麼資格再次走向他？

又是憑什麼要求他接住我的困惑和難過？

我是直到此刻才意識到我與夏辰閔之間的維繫，是如此搖搖欲墜，經不起打擊。

想著想著，便容易鑽牛角尖，覺得眼眶泛起瑩瑩的濕潤。我壓著情緒開口，要驅離多事的裴宇信才能再好好哭一場。

抓緊被單，我吸了鼻子，「你們先吃嘛，我還不餓。」

「姊妳生病就起來，我陪妳去看醫生啊。」

「你才生病！我想減肥不行嗎！」

小看自家弟弟了，他倒是一語道破，「呃，可是妳之前嘶吼著要減肥，結果還是三餐照常，吃得香睡得好，難道這是誤會？」

閉了嘴，我不答，多說多沒志氣。

感覺到他緩緩闔上門走近，經過床鋪，似乎往書桌前坐下，喀啦響起他拉動椅子的聲音。我僵著想翻身的動作，與他對峙。

「跟夏辰閔學長吵架了？」

「你又知道什麼鬼了。」

裴宇信沒好氣，「妳天天吃睡的人生，能影響妳混吃等死志向的，除了夏辰閔學長，我想不出有誰。」

形容可愛的少女姊姊我混吃等死是可以被容許的嗎！

正要反駁，他又不落人後的補述，「就妳那貧脊的生活圈。」

「切，說得好像你交友滿天下，臭小高一。」我多吃你一年的米不是假的好嗎。

「呵，不好意思，就是比妳廣，我還有線上的遊戲戰友呢。」

「裴宇信，你特地關起門來和我吵架的嗎？」

用力扯下棉被，坐起身，狠狠將目光射向他。

他露出得逞的笑意，一閃即逝的關心是會讓人懷疑自我眼力的程度。

「學長做了什麼嗎？」

「你怎麼不是問我哪裡惹到他了？」納悶之餘還是感到安慰。果然是我親弟，不會胳膊往外彎。

他用理所當然的語氣，我聽了卻是哭笑不得。「依照妳對學長毫無根據的喜歡，根本是把他捧成神，誰會傷害自己的信仰。」

「弟弟啊，你這樣我突然不知道該開心還是難過。」

「喔，表揚我的機智就好啦。」

他這臉皮厚度，我都懶得翻白眼，活該不討喜。

見我無語問蒼天的傻樣，裴宇信拖著椅子往前靠近一點。

嘴上說起另一個不著邊際的話題，「我後天要去參加我們活動部的聚餐。」

「關我什麼事。」說到學生會就頭疼，十二月的耶誕舞會要進入準備期了。

「妳要不要來？」

思緒明顯落了拍，我回憶他的問句，確定不是幻覺，「我是裴宇薇，就讀清華高中，那個，你是裴宇信，就讀清陽……」

「我知道，不用妳自我介紹。」被毫不留情打斷破碎的話語沒有激起我的情緒，他蹺起二郎腿，自得的接口，「妳是人來瘋，還怕尷尬？」

「不去，好神經病，我自己也是活動部部長，幹麼搞得像去交際。」

「如果說是我們部長邀請的呢？」

「我去！」

裴宇薇，妳的矜持妳的憤怒妳的淚水都忘了是吧。

面子呀、心碎呀，拼一拼都是可以的，喜歡這種事情身不由己。

如果這是他前所未有的示好，我想，我是可以原諒的，原諒好像只有我一人的賭氣，可以因為他的稍微低頭，單方面偷偷決定不再冷戰。

有時候期待他來哄，不要只是我一廂情願拽住我們的牽絆，不要只有我那麼介意那麼想念。可是，理智回攏，我憑什麼。

從頭到尾，他對待我，向來不鹹不淡，像是踩著優秀的平衡。我得寸進尺，他卻總是能擺動回到初始。

「真的……氣死人了。」沮喪的呢喃出聲。

眼前呼嘯而過的車流充斥聽覺，我真是高估自己的偽裝了。試圖用歡欣鼓舞的語調遮掩內心的侷促，但是，感官神經作對似的，反覆播放爭執時候他說過的話。心情動搖，不論如何動作都有疙瘩。

顯得我燦爛的笑容過於誇張。

深深呼吸，緩緩踱到柱子後方，隔著玻璃悄悄投以窺伺的目光。在洋食館的角落長桌，十幾個人擠一起，偶爾有人笑得直不起腰、偶爾有人貌似噴飯、偶爾有人失控拍手叫好，歡騰的場合明明該是少不了我。

此時此地，卻是感到格格不入。

收回頹喪的打量，低頭盯著自己的校服。懊惱地垂垂腦袋，這就是鐵一般的差距，前天晚上怎麼就鬼迷心竅了。

完全忘記可能是裴宇信在胡謅。

打過照面的當下，我們都在彼此眼中讀出詫異與無措，靈光一閃過可能是裴宇信這破小孩的詭計。根本是在幫倒忙，夏辰閔肯定要厭煩我白目了，這麼不會分辨場合。

一頓飯吃得好胃痛，咀嚼不出絲毫味道。有模有樣裝出有重要的電話，踩著心虛的腳步到店外吹風，捧著一顆俗氣的心，感嘆浪費我的零用錢。

腦中盤旋太多後悔與不安，更多是進退維谷，順勢倚著店門側邊的色彩繽紛的外牆，又吁出一口長氣，踢了踢地板。

能不能偷跑啊？包啊什麼的留給裴宇信帶回家就可以吧。

「電話講完幹麼不進來？」

溫和的聲息帶著恰到好處的笑，從頭頂落了下來。我下意識迅速抬頭，闖進視線裡的面容讓人先是一怔，而後，摀住嘴發出一連串意味不明的驚叫。

很好，很有我的風格。我沒有錯過他眼底浮出的嘲笑，不帶惡意。

「在外面餵蚊子？」

「不是。」

「妳在害羞？」語末明顯加重力氣。燈光打在他揚起的眉宇，整個人都朦朧柔和下來。

這是天壤之別的落差。用力眨了下眼睛，盡力要看得更清晰，依然不能將現在的他與當時重疊。

我一動不動，喉嚨有些乾澀，輕輕慢慢抿起嘴，抬眼凝視他禮貌疏遠的笑，突然，一股很深沉很深沉的難過破土而出。

將整個左心房覆蓋，帶著酸酸澀澀的不適。

憋著一口氣想扭頭就走，但現實不允許，有點可笑的僵持著。

「裴宇薇。」

沉穩的嗓音收斂起灑脫的輕鬆，我察覺出他端正了心情，惴惴不安的心被另類的害怕籠罩，捏緊裙角，想要移轉窒息感。

怕他又要說出什麼似真似假的玩笑。

怕他說出的任何字句都會令我狼狽、令我被淚水淹沒。

「那天……」

頭垂得越發低，我只發出一個含糊的「嗯」。

呼吸都快停止了。我甚至無暇去顧及他丟下的聚餐變成什麼樣子。

「我那天說話好像過分了。」他抓了抓墨黑的髮尾，耳根露出一絲粉紅，壓抑情緒接著說：「我後來繞回你們學生會的攤子，發現妳哭得有點慘，應該……應該是因為我吧。」

終於上抬少許弧度，可憐兮兮瞅著他，暈在眼瞳的霧氣分明是控訴。見到他無可奈何的討笑裡摻雜幾分認真，總算有了真實感。

夏辰閔他是在道歉？

聞言，我摸摸鼻子，自己哭起來有多豪邁自己知道，眼角噙淚的美感跟我是沾不上邊的。在心裡無聲哀號，極度想掩面逃跑。

我沒搭話，顧著消化丟臉的難堪。夏辰閔輕咳一聲，似乎很無所適從，道歉這種事情他大概很不習慣。

「妳課業上還有沒有遇到什麼難題？」

「咦？」話題脫韁野馬似的跑遠。

夏辰閔一日為師，就此上癮了是吧。關我的課業成績什麼事了？

「裴宇信說妳這幾天心情不是很好。」

我闔上嘴巴。眼刀能不能砍了面前這個大木頭！我看起來像是會因為成績傷心欲絕的人嗎？

說起來慚愧，不好意思，我就是只會因為小情小愛食不下嚥，這種被高估我一點都不開心！

「是因為你。」

見他一愣，我勇敢望進他黑曜石般的眼眸，「哭是因為你，心情不好是因為你，看到很喜歡的東西還是沒有食欲，也是因為你。」

聲音不高不低，卻一字一頓想敲進他心裡，最好能在柔軟的心上好好生根。

你永遠不會明白，心血來潮的玩笑對我而言的意義，像是天塌了一半。

「那時候，你在生氣嗎？」

一陣晚風拂來，沒帶走低迷，颳來許多喧囂，對街霓虹燈的招牌閃爍著，輕易將心神拉走。

我努力集中注意力。語畢，自夏辰閔深眸中傾洩出大片難以細數的複雜，漫過最初的迷茫。我猜對了，他肯定是生氣。

「是因為我偷聽你跟夏陽說話？」

他細不可察地蹙了眉。我趕緊澄清，「其實我什麼都沒聽到，真的。」

他不表態，我很慌，風水輪流轉啊。皺了皺鼻子，我真的冤枉、真的委屈，就算聽到什麼，我一丁點都不記得。

靜默的時間久到遠處路口的紅綠燈號誌都轉換了。夏辰閔語帶嘆息，彎了手指揉揉太陽穴的位置，「不是那個原因。」

「那是什麼？」

「不知道。」

「啊？」沒忍住，我上前一步扯了他的衣袖，「夏辰閔，說好的誠懇呢！」

他一時失笑，抽回手，「沒人跟妳約定這種事。」

「所以真的不能說？」我擰了眉，過於執拗，軟軟的語氣染著微量的耍賴，「你說出來我才可以避免嘛，不然下次我又踩地雷。」

心臟不夠大顆，經不起再承受一次。我扁扁嘴，像個得不到糖的孩子。

「不會，妳當作天氣太熱吧。」

「啊？」我傻了，沒人比他敷衍的。

他打定主意不想繼續這個話題，從口袋摸出一根棒棒放入我掌心，遂摸摸我的腦袋，恢復一貫隨性的調調。

彷彿晚霞的餘暉都讓他偷走，將他身上最後一點的疏遠化開。

※

什麼叫作「當作天氣太熱」？

是卡謬《異鄉人》裡殺人的主角嗎！

咬咬牙，直到躺到軟軟床上都揪著這個點放不下。雖然小劇場有點跑偏，往後幾個空閒的放學後時間，我仍歡快的將去超商當成例行公事，稍微有點感動是，夏辰閔在沒有排班的前一天會傳訊息通知我。

明天沒班。簡潔明瞭，他的風格，靜靜默唸著樂呵呵笑著。

追個人追得這麼卑微，還可以自得其樂，我大概也是史無前例了。

總是不到放學鐘聲便收拾好書包，深怕被張凱多問幾句，阻斷嫚嫚跟他培養感情的回家路途，我會氣得想爆打自己。

踩著五點零四分的時間線進了商店，張頭四望，沒有夏辰閔的身影是預期之內，他可不會像我，著急得像是趕著投胎。

有朝一日，絕對要他為了見我一面跑起來，絕對。

「喝紅茶拿鐵嗎？」

一道含笑的溫潤聲音降了下來，啞啞的。厚實的手掌輕輕拍下我不自覺握拳高舉的右手，感受到對方掌心的繭仍有些愣。

我迅速看過去，「你、你……你好。」是夏辰閔的叔叔。

喊親近了，似乎太不矜持；喊生疏了，在這個情境也很奇怪，我想，他應該是對我有印象的。

畢竟我一星期有三四天可能會出現，鄰近期中考的時候，甚至是報到五天。

「多泡了一杯，喝嗎？」將飲料杯遞到我面前，他逕自說著不著邊際的話題，魚尾紋深刻了幾分。

「喔、喔好，謝謝。」

「妳跟那小子不是同所學校的，怎麼認識的？」

我眨了下眼睛，大叔眼底深濃的促狹與八卦意味，應該不是錯覺。斟酌著該如何啟齒，總不能說我覬覦你家侄子。

目光上下左右飄移著，餘光瞄到玻璃外漸漸走近的熟悉男生，眼睛頓時蹭亮，可是手忙腳亂，這種時候我就閉嘴。

事與願違，我就是多話。「因為他帥得人盡皆知。」

好，世界一片寂靜，只剩夏辰閔從容的步伐。

隔了幾排架子，他肯定沒聽見我說什麼，但顯然可以預測我是幹了蠢事，微挑的濃眉格外真切，視線來回一輪。

「聊天？」眼帶戲謔的笑，神情卻是喜怒不分。

「沒有。」

「聊了兩句。」與此同時，大叔唯恐天下不亂的笑語落進耳裡，我忙著撇清關係，當事人卻扯後腿，我徹徹底底目瞪口呆。

我不想讓夏辰閔誤會我無所不用其極涉入他的生活，自己都覺得太變態了。

「阿姨說要喝四神湯，你可以下班了，再見不送。」夏辰閔對大叔說。

大叔好氣又好笑，攘了下他的肩膀，「禮貌點，進去收拾一下，我帶晚餐過來再進醫院，有沒有想吃什麼？」

非常趕上時機，歷經兩節數學課的我飢腸轆轆，肚子響徹雲霄發聲了。

能讓世界為我靜止兩回，我快要給自己鼓掌，覺得精神特別委靡，這丟臉程度能超越巔峰。

兩人唇瓣微抿，我需要催眠自己才可以說服那不是嘲笑，同時轉回頭，重新言歸正傳。

「隨便，我不挑。」

「好啦，上班去。」大叔豪氣的拍拍夏辰閔的胳膊，一雙和藹的黝黑眼睛卻是瞧著我，「到一邊坐著休息吧，喝完再走。」

胡亂點了頭，不敢再多好奇兩人的表情，同手同腳，機械般的動作緩緩退開，一屁股往角落座位坐下。

捧著溫熱的紅茶拿鐵一口接一口喝，不找點事情做，我有些無所適從，於是下一秒翻出隨意扔進口袋的手機。

裝作鎮定的刷著動態，暗下的天色留在不遠不近的窗外，玻璃隱約反射出人物輪廓，依稀可見細微末節。夏辰閔的身影頓足在休息室一步之前，覆蓋著柔軟髮絲的頭稍微側過來。

好像，好像朝我的位置看了一眼。不要又是我在幻想。

於是，開啟了許久不見的日常。我縮在角落偶爾咬咬筆端，神情凝重瞪著數學題，偶爾將課本嘩啦啦翻著，還是沒有找到理想的公式。夏辰閔則是在櫃台內俐落結帳，清朗溫潤的聲音錯錯落落傳來，我抿著唇克制的傻笑。

他依然會在巡視關東煮區的時候繞來我桌前，隨手提點，姿態說有多瀟灑就有多瀟灑。

這樣的相處不上不下，卻是我最嚮往的關係。可以看見他的輕笑、可以聽見他的嗓音，可以待在距離夏辰閔幾步之遙的身邊，我不能再奢望更多。

我是喜歡他的，無庸置疑，只是要走到一起，還有點不現實，這種白日夢做多了會把腦子弄壞。

「這麼認真，吃好晚餐再繼續吧。」

「咦？」我大大驚愕了，妥妥將一道除式偏離正軌。

先是愣神盯著大叔笑咪咪的臉龐，轉而瞅著壓到作業上方的塑膠袋，鼓鼓的，裡頭圓紙盒裝著熱騰騰的食物。大叔重複一次，亮晶晶的眼鏡有深意，我趕忙要從錢包掏錢。

「多、多少錢呀？我馬上給您，真是不好意思，怎麼可以麻煩您……」嗚嗚嗚，我不是米蟲啊。

他擺擺手，「不用給，收回去，這從夏辰閔薪水扣。」

「啊？」這不是更不行了嗎！你這樣坑你姪子真的好嗎？

「騙妳的，趕快回神。」這起伏太跌宕了，大叔在我面前揮手，不嫌尷尬硬要多說幾句，「妳是不是在追我們家那小子？」

沒在喝水的我，被口水嗆狠了，用了「大叔你放過我」的表情近乎要求饒，欲哭無淚，他多說一句話我都想給他跪了。

他一副過來人萬分理解的模樣，我眨去眼角的淚光，拍著胸脯還在努力鎮定。這位長輩太活潑了，我難以招架。

仍然睜著眼睛驚魂未定，猶豫能不能實話實說。大叔卻瞄一眼結帳區方向，迅速回頭，同時矮下身子，深沉低啞的聲線緩緩落進耳裡。

我問那小子妳喜歡吃什麼，他毫不遲疑說糖醋雞丁，還特地交代我多帶一份蔥花湯，這麼貼心的樣子，挺少見的。

「我只見過他把這樣的心思浪費在璨璨身上，喔，浪費是他自己說的，不是我。」

◎

耶誕節很快在結束校慶園遊會與期中考後到了。

清華高中不是基督或是天主教會的學校，往年卻依然大興萬聖節與耶誕節這樣的日子，整個校園內洋溢著節慶的輕鬆氣息。

畢竟升學率盛名在外，平時氣氛低迷沉悶，不像以自由風氣聞名的清陽高中，各種校隊經常在全國高中體育季得名。反觀清華高中只有籃球隊特別突出。

因此，歷年學生會經常遞交企畫書，組織多元活動，總是不好過分鋪張，影響了課業絕對會被駁回。至今，穩定成為年活動的，除了畢業晚會，便是耶誕舞會。

這兩年算上熱鬧的，前任會長雷厲風行，管理嚴謹，通過各處室審核的參訪展覽活動，統計上都超過歷年。我們這屆順利沿用。

每天都被逼迫留校排練，我已經有三天沒有見到夏辰閔了。

從前都愛逗留教室打混，只要不是被壓著加課或補考，我都是樂在其中，家裡只有裴宇信多不好玩。可是現在，學校再有趣，不會比見到夏辰閔具有吸引力。

好想去超商浪費時間呀。

「什麼！明天不是星期六嗎？還要練習？」我倒在講桌上哀嚎。

我的約會啊！我好不容易熬過一個星期可以見到夏辰閔的黃金時間啊。

耶誕舞會什麼的突然變得好討厭呀。

「妳這麼天崩地裂幹麼？妳不是沒補習？」

「誰說沒有補習就不能有事了！」

「是不是要約會？喔喔喔，裴宇薇要蹺練習去約會！領舞出來管一下啊！」

「你、好、煩！」

值日完的張凱與嫚嫚一前一後回了教室，分毫不差將這些話聽了完全。我作勢揍人的手僵在空中，胡鬧的男同學也趁隙逃走。

他落跑還一面找死，「裴宇薇要約會喔！體育股長知道嗎？還是……」聲音越來越遠，但是，前面段落還是清晰可聞。

這八卦的臭屁孩。眼角餘光瞄見張凱沉著臉走來，越過應該停下的位置直直到我面前。落在他身側一個臂膀距離的嫚嫚沒有看我，我一口氣還沒鬆，發現她烏黑長髮遮住了大半表情，但是，視線毫無疑問是追隨張凱。

鬱悶，大概又要被嫚嫚誤會了。

我已經很努力避開張凱，很努力幫嫚嫚製造相處機會。她的愛情我幫她加油，我的心意卻無人訴說。

陷入輕淺短暫的思慮，與此同時，張凱濃得似黑霧的嗓音降了下來，捲帶著山雨欲來的危險。

「約會？跟誰？」

「沒有，你少聽一點八卦，這種話你還相信了！」我不敢看他們任何人的表情，明明是問心無愧，莫名覺得被抓姦。

張凱的聲音很冷很僵，沒有往常的率性熱情，「那妳明天幹麼不想來練習？」

我認真翻了白眼，這人就要給我找碴。

不答話，我輕輕冷哼。隨手在日誌上記錄功課與下週的考試，收拾著書包，一面頂著兩人無形的壓力，越收越氣憤，現在是誰都可以來跟我莫名其妙發脾氣是吧。

不論我做什麼，不是嫚嫚會跟我搞冷戰，就是張凱要對我挑刺。

「裴宇薇妳……」

將書包甩上肩，「我累，不行嗎？」

被我吼得一愣，張凱沒說話，身側的嫚嫚抬眸，視線掠過我，喜怒不明。最後，依然停駐在張凱從茫然中恢復的表情。

「妳幹麼突然發火……」

「你才幹麼這麼囉嗦問東問西？我肚子餓，要回家，別擋路、別攔我。」

「等我，我請妳啊。」他一把抓住我的手腕。愣了一瞬，我反射性抽開，舉動有點大，他落空的手僵硬在原地，抿了唇，忽然覺得對不起他的付出他的關心他的善意。

我沉了歉意，「不用了，我先走了，明天見。」

走了幾步，已經抵達門口。一聲沉甸甸的重響傳來，下意識回頭，看見張凱將手中的書往地上扔，嫚嫚站在身後一隻手搭上他的右肩，我愣著。她似有所感，猛的回頭，溫婉的笑被冷漠與疏遠取代，彷彿站在極為陌生的角度望過來。

我宛若從中讀出一絲驅趕。

心裡酸，但遂了她的心願，扭頭加快步伐跑開。三人行真的不是和諧的關係，我想維持這份搖搖欲墜的友情，只是，他們都忙著破壞。

帶著自暴自棄的疲倦，算了啊。

※

「我連吃的都可以給你。」

動作有一瞬的停頓，面前卻依然靜默。抿了唇，目光觸及他含笑的清澈眼眸，脾氣又軟了幾分，堵在胸口的抑鬱也消散一些。

我皺皺鼻子，「吃的都可以分你，不只一口，整份給你都沒有問題。」

他終於忍不住笑出聲，「我沒有覬覦妳的食物，妳就安心吃。」

「還是因為這不是甜的？」沒來得及沾沾自喜，馬上被他的白眼打量。「哎，我不能安心呀。我問了一百個問題，你回答的一雙手都數得出來，一頓都很難好好吃了。」

「兩個選項，一個別說話，一個低頭吃東西。」

「你怎麼忍心剝奪我言論自由……」

「那就別吃，當減肥。」

我瞇了瞇眼，話題又繞了回去，「你老實說，我不介意，你是不是真的看上我的食物了？」

「妳今天吃了什麼興奮劑？」

估計是體會到我死纏爛打的滿點技能，他知道不能再迴避問題，因為會沒完沒了，他的時間矜貴著。

但是，他彎起帶著縱容的淺笑就不對了，我立刻胡言亂語起來，「沒吃錯藥，我是吃可愛長大的。」

「妳哪來源源不絕的自信？」他無語的神情越來越熟練。

「不要質疑，我爸都叫我小可愛。」當然只限於小時候。

老爸為此痛徹心扉，助長女兒謎樣的信心。

他敷衍的扯了唇角，伸手不打笑臉人，我讚嘆夏辰閔的好修養，我都想將自己就地掩埋了。

清亮的目光忽然朦朧如暈。我順著他的角度望出去，對街的路燈將嬉鬧的小學生們背影照得十分巨大。許多人拿著剛出爐的麵包咬在嘴裡，或裝滿一個塑膠袋勾在手臂。裝潢得十分明亮的烘焙坊包夾在兩家熟食店中間，似乎隔了一條街都可以聞到的咖啡香。那家的麵包沒有太人工的香氣，強調真材實料，沒有化學添加，生意特別好。

聽說上星期還有體育班的學生中午爬牆出來買，被警衛抓包。

「夏辰閔，你想吃麵包？」

他搖了頭，動作很輕，我偏過頭，「他們家的麵包我最喜歡菠蘿跟抹茶麻糬的，真不想吃？」

你的話要和行動維持一致呀，一直盯著瞧還不承認想吃。

偷偷覷了他，正巧他低頭，我被抓得正著，無從辯駁。我張著嘴啞然，幸好沒有將呢喃脫口說出。可是，夏辰閔黑眸一閃，溢出與他格格不入的涼淡。

還有疲倦。

「妳知道為什麼我在這間超商幫忙嗎？」

「因為店長是你叔叔？」上揚的詢問語氣帶著肯定。

「不是。」時光彷彿被這兩個字拉長。我盯著他的唇角，嗓音與情緒都異常深沉，「因為對面那間是我媽的店。」

我一怔。麵包店？

他的心情讓人看不真切，深黑的髮絲柔柔軟軟，分外令人心疼。

「她用了五年時間才頂下來，自己當老闆做主。前面那五年她身兼兩份工作，我什麼都不能分擔，所有人、親戚和老師，都說我認真讀書就是最好的回報。我好努力才能忍住衝動不對他們動手。」

眸中涼意沁人，掀起懾人的嘲諷與怒意，更多的是厭棄。擱在玻璃桌面上的修長手指狠狠攥緊，骨節分明。

夏辰閔不經意說過他單親的家庭是因為父親外遇的醜事被揭穿。

此刻，我有些明白，他用了多少力氣，讓一切看起來雲淡風輕。

溫情、淡漠、率性，這些模糊變動的形容詞都定義不了他，甚至，都只是屬於他的冰山一角，只在與夏陽相處時，他會出現符合年紀的幼稚。

夏陽來過店裡幾次，我也在學校附近遇過幾次他們，那個模樣，確確實實才是高中男生。

他冷情笑了，是自嘲，「我念好書能幹麼？能照顧她嗎？能替她工作嗎？她連假日都捨不得我去幫忙，我卻連她生病都是最後一個知道。」

「夏辰閔……」

書到用時方恨少是這樣吧。

我扯不出什麼道理，其實他懂得比我還多。也許我只需要安安靜靜傾聽，可是，我想要靠上去給他一個擁抱。

「所以，裴宇薇，妳問我想念什麼科系，我不知道，我甚至不知道我要不要繼續念書。」

對於自己能力所不及的事情要謹慎，例如安慰。

這是尹煙曾經說過的告誡，因為你不會知道，不能真正感同身受的自己，是不是一腳踩在對方的心窩。

事實上，我一個字都說不出口，喉嚨乾澀，像是每次感冒前的預兆，一股氣搔上來，卻止不住癢。

盡力睜著眼睛，不能抵擋傾洩而出的疼惜與自責，又深怕自己表達不好，淪落成同情。夏辰閔那麼善良厲害，不需要誰的同情。

「為了撫養我，她放棄成為音樂家，沒有時間考教師執照，連穩定一點的音樂老師都不能應聘。我已經是她夢想的阻礙，我有什麼資格說要繼續念書，成為她的耽誤。」

最終，沒憋住，我衝動抓住他的手，驀然發現他的指尖透涼，我心裡更酸。他沒有掙脫，手指蹭蹭他的指背，帶著撒嬌祈求的安撫，我又緊了緊牽握。

如果我們可以認識再久一點，我就可以明白你需要什麼樣的安慰，不會像現在，傻子般手足無措。

低沉的嗓音罩上一層悲傷的酸澀，像聲嘶力竭後的沙啞，「賣掉鋼琴那年，她笑著說她的手不適合彈鋼琴了。我見過她躲在房間裡哭，也見過她盯著舊照片發呆，但是在我面前，她總是笑著。我跑到收購鋼琴的店門口站了一個晚上，發現自己無能為力。」

不適合。這三個字大概成為夏辰閔永遠的心結。

繁忙庸碌的日子讓一雙保養照護得宜的手不再適合彈鋼琴，沒有比這個更加殘酷的真相。

最幸運不是我可以遇見你的溫暖美好，而是，我可以有機會擁抱你的不堪與沉重。

我眨眨眼睛，因為忍住眼淚將眼睛憋得通紅。猶豫半晌，輕輕軟軟的聲息在昏暗的兩人之間響起，擠不出什麼合宜的鼓勵，那些都太蒼白無力，那些都太表面膚淺。

「夏辰閔，我想，我還是喜歡你。」

目光一點一點灼亮，燃著堅定的光彩，隱隱的羞澀還是染在頰邊。「因為……」你的善良孝順。

「因為你是個比誰都值得喜歡的人。」最後我這麼說。

第四章

所以我們繼續講著笑話，那些不著邊際的日常，
就是不談隻字片語的愛情。

——Kaoru

大字形撲在床上折騰，將近一個小時時間，該心酸疼惜的情緒、該替自己委屈的眼淚，用力抹了抹，抒發好就不哭了。

倏的爬向床沿，從床底奮力拖出蒙上一層淺灰的紙箱子，輕輕咳咳嗽，裡頭散落著雜七雜八的收藏。我在底層翻出一個破舊的木相框，邊角都有了裂縫，像是封存在玻璃面後的影像，影像裡承載的情感有了裂痕，不論大小輕重，確實都回不到從前。

這是我們家最後的全家福。

裴宇信拉著媽媽的手，勾著小指頭的動作輕盈又依戀，而我埋在爸爸寬厚的懷抱裡，只在倒數要按下快門鍵前連忙漾起燦爛的笑容回頭。

但是仔細看，爸爸媽媽站立的距離十分不自然，藏著親密與疏離的曖昧，讓人錯認是舉案齊眉的禮貌相處，曾幾何時，走向相敬如冰。不管長大多少，都沒能釐清是什麼時候什麼原因，兩人越走越遠。

指腹滑過斷開的關係，我想，錯開的肩朝著不同方向，似乎暗示著結局。

仰面躺下，高舉相框，然後出神望著。直到老爸敲門進來，非常不孝的我只給他溫聲的問候一個眼神回應，空間跌入詭異凝滯的沉默。

老爸不擅常開口。也許是這份木訥讓媽媽厭煩了。可是，愛與付出是要看一個人做了什麼，而不是要求他承諾什麼，甜言蜜語誰都會說吧。

不管原創或是老梗，沒有到未來都是一個空泛的嚮往。

站在爸爸這邊我一點都不後悔。

「老爸。」

「嗯，妳說。」

我目光不動，「媽媽離開你，你生氣嗎？」

爸爸露出略為訝異的神情，魚尾紋加深了幾分，約莫沒想到我會主動提起這個家裡向來避而不談的心結。

「生氣嗎？」如今，倔強要一個答案。

「不生氣啊，薇薇。」

我咬了下唇，用力扔開相框，撲的一聲砸在在軟被上，我坐起身直視爸爸的眼神，平靜無瀾，沒有虛假、沒有憤懣，更遑論怨恨。

那種平靜不是哀莫大於心死的絕望，是成熟的釋懷。

但是我不能理解為什麼是這樣。

如果是我，肯定恨不得對方念念不忘，肯定會過不好自己的生活，聽說對方過得糟糕我就心安理得。我不會刻意傷害，只是做不到大方。

爸爸揉揉我的頭髮，歲月在他的臉龐留下痕跡，和藹的笑卻從未變過，「因為她把你們留給我了呀。」

當初我一心黏在爸爸身邊，媽媽原想帶走裴宇信的，偏偏裴宇信左瞧又瞧，最後是抱著我不放。她不想勉強，沒有爭奪撫養權，就這麼失望離開。

「就算她不是不要我跟裴宇信，可是……」可是總是替爸爸覺得疙瘩。

爸爸媽媽都是很愛我們的。只不過感情這部分成為這個家裡的失敗。懵懂的年紀，除了哭不知道能做什麼。裴宇信比我傻，前一秒樂呵呵拉著爸媽，下一秒陪著我哭。

「薇薇，有時候分開是好的，我們這一輩的問題不可避免會對你們造成影響，但是爸爸只能盡量選擇不那麼嚴重的，我不想要你們生活在無止境的爭吵和冷漠中。」

所以，儘管離婚，儘管成了單親家庭，爸爸都是加倍愛我們。

偶爾同學說起媽媽做了便當，偶爾同學提及媽媽幫忙完成家政縫紉作業，那些偶爾，落進耳裡會感到心口微酸，但是，我從來沒有一刻怪過爸爸。

分開的前幾年，逢年過節會收到媽媽的信與禮物，農曆年也有紅包。逐漸的，信件少了，甚至錯過了生日，後來就不期待了。

「爸爸，如果媽媽再婚了，你會討厭她嗎？」

「薇薇會嗎？」爸爸反問，話語含笑。

沉吟片刻，我認真搖頭，「可是我會很不自在。」

「嗯，薇薇懂事了，世界上不盡人意的事情很多，這件是輕的了。」

我這是打定主意要將掉落在成長歲月裡的困惑問清。那些忽視的心事，追根究柢是一種殘忍，但是，總要讓事情在心底終結。

語氣已經籠上哭腔，我上前拽住爸爸的衣角，如同很久很久以前，調皮搗蛋後的認錯模樣。「爸爸為了我們，再也不能去打高爾夫，也不生氣嗎？」

打高爾夫是我與爸爸的暗語，爸爸這樣對我解釋出差。長大一些才知道，爸爸喜歡世界各地跑，替公司簽約投資案。

我只知道拿著來自世界各地的巧克力到學校炫耀，不高興時，向爸爸抱怨媽媽很凶，為什麼爸爸都不回家。

爸爸比誰都辛苦，扛著家庭與工作的壓力。

「爸爸不認為是犧牲，讓你們承受這些，爸爸才是對不起你們的。」

我終於忍耐不住嗚咽，抽抽泣泣哭了起來，飛撲到爸爸懷裡。明明知道，明明知道這份愛經得起試探與猜測，仍然想親耳聽他說一遍。

爸爸，我還當不起你的依靠，也不夠格成為你的驕傲，可是，我想給予你溫暖。

※

最後，打完球一身汗水回來的夏辰閔看到我跟爸爸抱在一塊哭，瞠目結舌，尷尬的撓撓頭。

半晌，他吐出一句，「我需要也加入你們嗎？」

把他踹出房間，指使他熱一杯牛奶給爸爸，要他滾去洗澡，臭死了小破孩。

扭扭表情，觀察自己通紅一片的鼻子、眼睛，以及臉龐，長長吁出一口氣，把桌上的鏡子推到角落，撿回手機重新面對。

夏辰閔的情緒我不能裝作若無其事，沒辦法置身事外。

也許他是作著逼退我的預期，掀開自己最深沉負面的心事，像是要證明自己沒有其他人眼裡的光鮮亮麗，不是真正的灑脫自然。然而，這些都不打緊，我不介意。

誰的心底沒有藏著一兩樁故事，誰的生命裡都藏著幾根微刺，是碰不得的軟肋。

我寧願看成他攤開的難堪是對我信任。

他總是能輕易讓我左胸口又酸又澀。

夏辰閔：

我猶豫很久，我有沒有立場發這段訊息給你。但是比起害怕被嘲笑多此一舉什麼的，我更害怕一份心情藏著來不及傳達出去，留下遺憾。

我一直思考你爲什麼願意把你的故事告訴我，你的故事有太多你的脆弱，還有很多也許你覺得自己沒用的眞實。可是在我看來，你很勇敢，這不是我喜歡你的盲目崇拜，如果是我遇上這種事情，絕對會忙著大哭大鬧，搞得天翻地覆，要離開的人依然會離開，然後也傷害到爲我停留的人。突然覺得因爲爸媽個性磨合不來決定分開是一件值得慶幸的事，因爲不會走到那麼不可收拾的結局。我發現我過去的介意是那麼幼稚，夏辰閔，我家也是單親，可是我才不是要跟你比慘。我們都不可憐，單親讓我們的世界一下子分崩離析，可是也給我們送來其他溫暖和親情。

你可以健康的茁壯成長，無論生理和心理上都辛苦了也做得很好。其實我快看不懂自己想說什麼了，我沒有你聰明，很多道理一定不用我說，我可能還想得比你淺。可是，你媽媽做的決定沒有人可以替她評斷好壞，我只能說，她很愛你，你是她最親的依靠，你也是這麼認爲的吧。

總之，我們再一起吃飯吧。

絞盡腦汁的長篇大論，來回反覆檢查，我越來越不明白自己要說什麼。畢竟，老生常談的道理和寬慰鐵定不用我說，一個自己纏上的結只有自己能解。

不管了，我直接發送出去，夏辰閔會懂我的語無倫次是太擔心。

占掉滿滿一個螢幕的字數，在五分鐘過後被已讀。我嚇得摔遠了手機，又慌慌張張抓回來，飛快關掉網路，今天的尷尬要留到明天。

小心肝今日再也承受不起打擊。洗洗睡吧。

隔天醒來都沒有拾回幾分勇氣，整個鴕鳥心態，揣著手機放在校服口袋裡，手忙腳亂纏上圍巾便飛快下樓，裴宇信又在呼天搶地。

「姊，妳眼睛腫得跟核桃一樣能去上課嗎？」

「真的假的，難怪我覺得眼睛張不太開。」抬手輕輕摸了眼皮，皺眉。

「幫妳熱了毛巾，敷一敷再出門，等妳兩分鐘。」

穿鞋的動作一頓，難以置信盯著他。我是不是其實在夢遊，這人什麼時候改走貼心路線。

可能我懷疑的目光太強烈，裴宇信轉開視線不搭理我。

但是，我要是知道夏辰閔在街角等我，我絕對會果斷扔開毛巾，跟上他，把裴宇信狠狠甩在身後。

沒有這個先見之明，因此，拐過彎後，漫不經心的視線隨性延伸出去，過分修長的影子蔓延到一端，連接一道筆挺的背影。七點的陽光在他身上明明滅滅，我忽然動彈不得。

超級帥。

彷彿有所知覺，柔軟的頭髮被照得黑亮，隨著微傾的角度光影分明。看不清他的表情，一隻手插在制服長褲口袋，有點不羈有點痞氣。

昨日的脆弱與陰沉似乎一掃而空。

他遠遠望來，我僵了僵嘴角，下意識拉了裙襬，深怕儀容不整。

走近了一些，他揚眉，「眼睛怎麼了？」

「這麼明顯？」

「她昨天哭一整晚，把我們家都要淹了。問原因也不說，只跟我爸兩人傻笑，又哭又笑的，很嚇人。」

裴宇信落後一步，跟上來順口接續話題，末了，笑嘻嘻哈腰，「啊，學長早安啊。」清陽的學長姊制度很出名。

裴宇信這張嘴真的讓我很想一顆拳頭塞進去。

「哭一整晚？」與帶笑意，沒有惡意的戲謔。

「對啊，學長你不要懷疑，我姊真的有這個能耐，她……啊！」

尾音結束得有點急促，我肘擊在他腰上，毫不客氣。女人是水做的你不知道嗎？我惡狠狠咬牙，將手指折得咯咯作響。「裴宇信你可以奔向學校了，謝謝。」

他摀著痛處，可憐兮兮瞧瞧我。下一秒像是領悟了什麼，恍然的表情亮得刺眼，他雙手合十，一面點頭，挪了步伐繞開我們遠走。

滑稽的動作真讓人不忍直視。

秋末冬初的風有時候很大，透著涼意，我們順著風同行。

壓在圍巾底下的髮絲因為走得匆忙散了出來，被風吹得亂飛，擋住半張臉。撥了幾次，漸漸感到不耐煩。

他側頭瞅著我，唇角似乎勾了一下，伸手過來解開我的圍巾。我一怔，光線太柔，將一切都照得稜角模糊，界線不明，近乎要誤會他的寵溺包容只有對我。

整整齊齊整理好，夏辰閔見我失了神，又笑了，聲音柔和。

「還沒發呆夠？」

「啊？」

「早餐吃了？」他接著說話，卻又換了話題。

我搖搖頭，覺得他的眉毛很好看。

打亂視覺的是嗅覺衝擊，耳邊送進嘶嘶的塑膠袋聲音，我定睛一看，眸光不自覺散出星光。

「早餐，給我的？」

「是啊。」

「你喜歡的？」

他奇怪打量我一眼，「妳喜歡的。」

「我之前幫你買早餐都是買我自己喜歡的呀。嗯，你怎麼知道我喜歡吃什麼？」

「妳猶豫半天，最後會吃差不多的東西，不難猜。」他不鹹不淡說一句。

我喜孜孜仰首，「你偷偷觀察我！」

「作夢吧。」

牢牢拽緊提袋，壓抑不住擴大的笑容，被他輕輕拂過的圍巾似乎都染上屬於他的清香。他靠得很近，我心跳失速起來。

我走得前面一些，他不緊不慢扯著距離，能聽見他沉穩的腳步聲令我安心。許久，鄰近分開的岔路口，終於並肩。

目光確實落在右側紅綠燈，他的嗓音在頭頂壓了下來，像雲飄動，有點不真實，低沉的聲線緩緩漫開。

清冷的空氣竟被溫暖幾分。

「我沒想過妳會傳訊息給我。」

我眨眨眼睛，他盡力不讓自己看起來低落，怕壞了氣氛。「正常人聽見這樣的事都會說一句別開玩笑了，或是，因為他是你媽。」

「裴宇薇，妳好像一直以來都做跟別人不一樣的事。」

「那是不是你會更記得我啦？」

他露出跟夏陽七分相似格外撩人的狡黠，眉眼彎彎，「不管什麼時候都要說蠢話啊妳，裴宇薇。」

「嗯。」

「謝謝妳啊。」

❂

「張凱，數學老師要你先去搬作業。」

張凱躲了我一個早上，我沒想到昨天的事他那麼介意。以為吵吵鬧鬧是我們的相處模式，我對他發脾氣的時候不少，這次竟然好像傷到他，是因為哪句話我沒想明白。

一起回家又不是我們勾過手指約定好的，不算是爽約呀。

一如既往的，教室只有零零落落幾個同學，為了開窗子，我從前門進來。路過張凱的座位，非常裴宇薇風格的要敲他的桌面，不料，似乎預知了我的行動，他霍的起身，嚇了我一跳。

看也不看我一眼，掉頭走開，到後面跟別人玩耍去。目睹全程的副班長也傻了，瞧瞧分開的我們，他挑了眉。

「吵架了？」

「誰知道他有什麼毛病。」

話是如此，我卻模糊抓住一些想法，因為昨天的不歡而散他肯定不高興。唉，總歸是我遷怒他，老是小心翼翼怕嫚嫚心裡難受，左右都不是人。

我也很絕望啊。

張望四周，嫚嫚應該去導師室了，我迅速跑出教室跟上去。憋了快一整天，不是抓不到良好時機，就是張凱躲著我，有眼睛的人都看得出來。

好不容易追上，他已經攬著一疊厚重的講義走出科任辦公室。我喘上幾口氣，自然順手拿走三分之一的分量。他一愣，雙眼明顯閃爍奇異的光彩，僅只一秒，又恢復怪裡怪氣的死樣子。

我在心裡對他翻白眼，賭氣啊？至少他不是滿分的怒火，確定這點我安心不少。清清喉嚨，手肘撞撞他，「還生氣？我昨大也沒那麼凶吧。」

他瞧了我一眼，眼神中藏著滿滿控訴，還有一些恨鐵不成鋼的意味。我撓撓頭，遲疑的接口，「我這是……正常發揮。」

張凱立刻被氣笑了，穩當當翻了白眼。

「明明就同一條路，放學幹麼不能一起走？」

因為瓦數太高。與其當你們的電燈泡，不如跑去夏辰閔面前刷點存在感。

「幹麼不說話？因為有喜歡的人？」

「你怎麼知道？」

掀了唇輕笑，我說完話，他臉色十分難看。我也不輕鬆，不想懷疑嫚嫚，但是可能性指向她，張凱這個粗神經哪猜得到。

纏繞著胸口的不是憤怒，這是近乎被背叛的赤裸。不願意顯得小題大作，我深呼吸，好好冷靜。

「原來真的是。阮嫚芸說的時候我還不相信，原來，原來只有我不知道。」
「說什麼呀，也只有嫚嫚跟我弟知道而已。」
「那個超商店員？」他的聲音很淡，像是用盡力氣克制，「我們昨天看到了，隔著馬路。」
沉默了，忽然不知道該說什麼，該怎麼表情。你怎麼知道的？嫚嫚告訴你的？或是，你什麼時候知道的？
為什麼質問變得那麼像出軌被抓包？
心口有一部份莫名的情緒破土而出，包裹著不可置信的猜測。
被針對得莫名其妙，我反倒開始困惑自己的立場，「我有喜歡的人礙到你了？又不影響我們朋友關係。」
「誰要跟妳當朋友？」
這句話說得又急又惱，似乎在克制什麼，又或許是情緒沉沉。一時間，像是石破天驚，剛剛只是大膽懷疑，沒決定要小心求證，一份沉重的心事如被捅破的紙窗。
洩進一些從未注意過的光。
但梁靜茹沒給我勇氣讓我面對啊啊啊。
我的神智簡直風中凌亂了，吞了吞口水，我們都啞然，悶著不吭聲，都怕走錯一步。抱著作業的手僵了僵，有一瞬的失力。

「張凱……」

他撇開頭，加快腳步幾秒，我正遲疑著要不要上前跟他說清楚。只是這樣，橫在我們之間的尷尬就確實了。

我們就真的再也不能跟從前一樣相處了。

抬眼，他佇立在轉角，與我們班隔著幾間教室。上課的鐘響敲起，我們卻任由熟悉的樂聲填滿我與他之間的差距。

「張凱。」步伐無聲，或許不過是掩入日常的喧鬧聲。我看見他手背上的青筋，抿了唇，把話題繼續。

「我就是喜歡那個人，所以之後放學我都不跟你們走了，嫚嫚……嫚嫚膽子小，你們一起回家也安全。」還可以培養感情。

終究沒告訴張凱，關於嫚嫚的心意。

每個人都有自己戀愛的步調，我是旁觀者，沒有資格破壞平衡。

整段話都是低著頭說的。察覺有些不對勁，眼前一片寂靜，我飛快抬頭，空無一人的走廊，耳邊傳來學生的朗誦或老師的教學。

可是，吵架這件事情我真的很陌生。

新換了座位，張凱坐到我右斜前方，沉默得連數學老師都關愛幾句，不外乎又掀起與我有關的話題。沒待我跳腳，張凱冷聲兩字「很吵」。

正要蔓延的喧鬧瞬間偃旗息鼓，幾個熟識的人面面相覷，縮了腦袋不再吭聲。張凱平時陽光爽朗、嘻皮笑臉，但是，認真起來沒少氣勢。

無聲長唉一句往桌上趴，我抓了抓頭髮，眼前扔進一張紙條。

我懶懶攤手打開，是嫚嫚的字跡，「原來喜歡是讓人連被八卦都想跟他一起。」卻用著不屬於她的語氣。

倏的朝嫚嫚的方向望去，纖瘦的雙肩端正、背脊筆直，帶著乾淨的傲氣。抿了抿唇，我斂下眼瞼，遮蓋一抹遺憾的傷色。

為什麼我們會變成這樣？

嫚嫚就是介意了我總是跟張凱的名字並列。其實我能理解的，誰不這樣，我也不開心夏辰閔跟他的青梅竹馬被放在一起討論。

可是這是我的錯嗎……她不能責怪我的為難，還一味要求我的體諒。

摺好印花的紙條放入筆袋。就這樣吧，再退一步，我只能假裝什麼都不知道，像個傻瓜一樣自己拽著平衡。

三人間的氣氛變得詭譎難行。張凱與嫚嫚依然不改放學一起走的例行，我稍微帶著玩笑意味問起他們進度，竟成了草木皆兵，勾起嫚嫚的懷疑。漸漸的，我們之間的話題不再毫無顧忌。

彼此都明白我們暫時都回不到最初。我與嫚嫚分組報告照舊一起，我與張凱卻是凝滯，疏離但又不讓人看出端倪。

生活因為學生會負責耶誕舞會開始忙碌，下課往會長副會長的教室跑的頻率高了，要是沒有體育課，經常一天跟嫚嫚說不上幾句話。

我想，先拉開距離吧，不管是跟張凱或是跟嫚嫚，讓我們都冷靜一下吧。

※

「怎麼樣？最近中了什麼毒？沒事就跑我們這裡。」

我鼓著腮幫子，沒將一口鳳梨酥吞下，口齒不清說：「嫌棄呀？我怕妳無聊，陪妳聊天啊。」

「不必，我少背一回單字，算妳頭上？」

尹煙就是尹煙，完全不留情面。

我垮著表情，特別可憐兮兮。恐懼確實可以被克服的，混跡升學班的壓力勝過待在班上的如坐針氈，我就躲在人群裡就好。

「我就是來交企畫書嘛，最終版！」

「妳不知道世界上有種東西叫電子檔？」

「知道呀，所以我帶了隨身碟。沒給妳看過我怎麼敢去列印，事務部長會殺我的。」說到費用，皮都必須繃緊。

總務魂爆發的部長很可怕。

尹煙在最後一欄填下答案，藍筆夾在書裡扔上座位桌面，隨口指使窗邊的同學幫她遞筆記型電腦過來，打開我雙手捧上的檔案，輕輕蹙眉。

我頭皮一麻，「怎、怎麼了？」

「沒，突然想到。」她抬眼直直望過來，我端出洗耳恭聽的姿態，聽聞，「妳在旁邊是不是太閒？幫我對剛剛那回測驗的答案。」

「妳真是梅有一刻鬆懈。」越改越悲憤，這種準確率將學渣虐得體無完膚。

「上次第三名放話要比分數，他每天卯起來寫題目，我也是有點緊張。」聲音很淡，恍若將她彎彎的眉眼同樣刷淡。

她目光不動，盯著螢幕一字一句審查，不時比劃動線的走位。

她向來從容不迫，緊張兩個字放在她身上非常不協調。尹煙藏起許多，讓自己看來氣定神閒。

又打上兩個勾，我揚起笑語，「當然是我們副會長大人厲害，他那是只會讀書，妳這是全能。」

「沒，我音痴。」嗤笑，自嘲的語氣也相當傳神。

「哎，下次一起去唱歌呀，約清陽學生會的？」

她睨了我一眼，「還沒放棄叛國？」

「這哪是叛國！是所謂的國民外交！」

「毛病，有本事去提給會長聽，跟我說，是要我告訴我哥？」

「尹煙，木頭人，千萬別動作，我這樣是越級打boss了。」

蹭著她左手臂，眼見她俐落關掉追蹤修訂，按下存檔，一氣呵成，高效率讓人咋舌驚嘆。

她拍拍我的腦袋，姿勢有些彆扭，她隱進眼底的神色也是。「不是每一段在意的關係都可以不讓妳受傷。」

我一怔，難怪前會長大神疼惜尹煙。她總是表現得涼薄又沒心沒肺，內在卻是有最細膩溫暖的善良。

「逃避是最簡單的，可是裴宇薇，那樣一點也不像妳。」低低訴說嘆了一口氣。

用力眨眨眼，淚光閃閃凝望尹煙，她似乎受不了我的含情脈脈，硬是推開我，電腦擱在她腿上有些搖搖欲墜。

「先把隔壁的活動長追到手，帶來我看看他近視是有多深。喔，最好可以挖出多一點軍情，明年特約商店的數量絕對不能輸。」

副會長大人，您是讓我去和親嗎？

☼

從那次之後，就絕口不提關於愛情，準確的說，是關於張凱的愛情。

明天便是籌備許久的耶誕舞會。我們的呈現是歌舞劇形式，設計小紅帽由耶誕老人帶著環遊世界的故事，大部分同學們分成四個小組，分別代表一個國家，展演著名的盛事活動。

例如，我是西班牙組的，嗯，佛朗明哥舞。

幸好我的身高還能撐起長裙，甩起來有模有樣，不會太丟人。

與張凱之間只剩下禮貌的「請、謝謝、對不起」，如果不是對戲需要，連個眼神都不會對上。我很苦惱。

倒是嫚嫚與張凱兩人經常討論課業。雖然都是嫚嫚主動邀請他一塊學習，可是張凱沒有拒絕就是好的開始吧。

明明這些都是朝著我期待的方向發展，堵在胸口的煩悶卻難以解釋。

也許只有時間能夠將荒腔走板的關係好好歸位，我不能著急。

「好！今天練到這裡，扇子都好好收著，別甩了，甩壞了看妳們明天怎麼上場！」

退出熱鬧的練習場，我到廁所換回制服，收拾整齊，打算著要去耍賴，逼夏辰閔來看表演。扛起沉甸甸的書包，留下狼藉的教室，躡手躡腳推門逃跑。

鋁門緩緩要回歸原位，不知怎麼我回頭了，漸小的門縫讓人驚鴻一瞥張凱欲言又止的表情。

頓住腳步，懷疑是不是錯覺，忽然沉重得移動不了。

「宇薇妳要先走了？他們說待會要一起吃晚餐。」

「對啊，喔，是嗎……我……」

被汗水打濕的鬢髮，紅撲撲的臉蛋，嫚嫚的微笑一如既往，親切得像是我們兩人不曾疏遠過。話時，微顫的眼睫終究斂下，遮住湧動在眸光裡的複雜，歉意、不甘、驅逐，以及哀求。

呼吸一沉，我不是聖女，誰愛當小番茄。我會生氣、我會失望，我會介意嫚嫚將我們的友情看得比愛情輕。

「我不去呀，我跟組長說過，我想去找夏辰閔。」

夏辰閔這個名字是輕盈的，重重落在近乎要凍結的氛圍中。我刻意指名道姓就是要她安心，我對張凱沒有任何念想。

我想她會懂的。

一秒、兩秒、三秒，沒有等到她反應，老實說，我也不知道我希望她挽留或是什麼，只是不要再逼迫彼此，不要給自己難堪。

轉身之際，身後飄來壓抑的哭腔。「謝謝妳，可是，也對不起。」

嫚嫚，我們還能跟從前一樣嗎。

趁著客流稀疏的時段，靠在櫃台外側，手裡不自覺玩著杏仁脆片餅乾的包裝，一面與夏辰閔搭話。哎唷，怎麼可以連工作的背影都好看得不像話。

咬碎他扔給我的棒棒糖，排除他要我閉嘴的目的，我可以幸福得冒泡。「所以你去不去呀？」

要是傳訊息，肯定要打上一列沒有盡頭的飄飄號。

「別耍低智商，正常說話。」

看過夏辰閔跟夏陽的相處，一點都不會意外這樣凶殘的話，可能會慶幸幾分，夏陽大概是最不友善的存在了。

我吃驚的神情，扁著嘴，似乎逗樂他了，好聽的嗓音染上幾許笑意。「排練排傻了？你們的表演時間是正課時間。」

「啊……你可以為我蹺課。」說得理直氣壯，心底已經全然放棄。

我哪裡捨得他冒著挨罵的風險過來看我。

「呵呵。」

但是他這麼欠揍的回應，我覺得我的善解人意徹底浪費。

他淺淺的笑，明媚撩人，初識時候的清淡都是浮雲。夏辰閔，你這麼美麗你媽媽知道嗎？

「那我結束了去找你總可以吧？」

「要幹麼？」

忍住「想你不行嗎」，我摸摸後腦，替自己捏一把冷汗，差點又修下限，「有東西給你啊。」

「耶誕節禮物？」

學霸都是不好打交道的，一猜就中，讓人怎麼繼續跟著套路走！

我欲哭無淚，「你不能假裝不知道嗎？」

「啊，妳要拿給我什麼？萬聖節禮物？」他從善如流。

輕輕咳了嗽，不可置信瞧著他一本正經的面容，坦蕩蕩的，我都要不齒自己的大驚小怪。

我放棄了，驚喜什麼的，根據我這顆質量堪憂的腦子，不勉強自己。

「對啦對啦，耶誕節禮物，所以行不？」

「能說不嗎？反正妳總會有辦法。」

「嘿嘿，當然，真了解我。」

他挑了眉，「了解妳？」語速放緩，笑意更深，「我不想啊。」

◎

上學途中繞進超商領貨，幸好來得及，錯過耶誕節我會哭。手工明信片手冊已經耗費我幾個晚上，全是過去幾年旅行的照片。前年開始玩攝影，走過鄉間小路、繁華城市，走訪歷史古都，或是網美聚集地，照片不修圖、不調光，但是會後製上簡短的文字。

應該不會辱沒國文老師對我作文的稱讚。

禮物其實挺簡單平凡的，一對護腕，讓夏辰閔輪替使用。前一個暑假追完一部排球動畫，靈感完全來自於此，給夏辰閔很實用的。

早點到教室稍微包裝就大功告成啦。

因為下午的表演活動，半天上課時間大家都心浮氣躁。任科老師沒轍，也不好苛求我們，只好睜一隻眼閉一隻眼。

身為學生會幹部必須提早到場待命，午飯後我便被拖去上妝，甚至被惡狠狠警告少活蹦亂跳，流太多汗將妝弄花要自己看著辦。

頂著非常妖豔的濃妝，我還是非常抬不起頭啊啊啊。

忽然覺得高二部的教學樓距離禮堂有十萬八千里遙遠，躲在尹煙與美宣長身邊遮遮掩掩。

尹煙翻了白眼。「沒人看妳，別臭美，能不能好好走路？」

「誰說沒有？」我挺起胸膛，努努嘴，示意她們往右上方樓層注意，「體育班的人都愛在走廊吃飯聊天啊。」

「那也不是看妳，是好奇被前任會長捧在手心的尹煙。」

「不管，至少有一兩道目光在我身上吧。」

「因為妳走路像企鵝？」

美宣長的語氣過分真誠，尹煙不著痕跡勾了唇角，我皺皺鼻子，打從心裡覺得這世界沒有愛了。

驗收時候便驚艷過，到了活動當日還是不免再讚嘆一次美宣長的設計天分，這布置拆除時我都會心痛。

我們班的出場順序偏前，一結束我只來得及脫下礙事的長裙，露出事先穿著的牛仔短褲。腿曝露冷空氣中，匆匆套上會服。

非常辛勤的跟在下了舞台的班級背後善後，清除遺留下的道具殘骸，讓各班主動處理是不用指望了。

怕被扣除時間掌控的分數，每個人都急著下台，誰還管場地。

低著頭碎唸，一面領著機動組的學弟妹做事。

上半場準時告一段落，主持人將休息時間拿捏得剛好，果然是被征戰大大小小演講比賽的會長調教過的。

監控著現場，唯一突發狀況是耳麥失聲，反正我們早就對學校的影音設備不抱希望，自許多老師手中哀求借來備用。

「前側門的值班人員注意，不要再讓人進出，大概十分鐘內會結束，避免撤場時太混亂。」

「好的，學姊。」

「後門的人可以用力敞開啦。」

「好喔，收到。」

哎呀，盯著手機螢幕的數字時間跳躍，壓抑不住嘴角，趕緊落幕、趕緊退場、趕緊場復，就可以去見夏辰閔啦。

路過站得老高的尹煙身邊，鄙視的眼神降下來，偏偏我不敢吭聲，結束自習時間的前任會長在打量現場的動線。

縮著腦袋，我輕手輕腳繞開，走遠後才回首露出陪笑。

大神的氣場好冷漠好霸氣，扛不住，能向他撒嬌的尹煙根本強者。

工作人員都行色匆匆，收起玩笑認真做手邊的事。不用十分鐘，現場只剩下學生自治會的成員，會長走出音控室直接往台前站，環顧周遭，鏡面下的雙眼暈染出大片滿意的情緒。

「學長，應該都差不多了吧？」

淡漠的聲線似乎比空調清冷，仔細看，尹煙居然拉著大神的手把玩。

目光更淡，看不出喜怒，「當我不在，自己判斷。」低頭瞅一眼，同樣透著涼意的嗓音卻是明顯溫軟幾分，近似低語，「玩夠沒？」

尹煙笑咪咪，帶著有恃無恐的得意，搖搖頭。

「會長的問題妳覺得？」

「可以呀，可以散了，幹部跟高二會員留下來就行，高一的可以回家。」

會長瞧瞧大神，分明是要求尹煙發話，但是，整個會內九成的人知道尹煙有上台說話恐懼症。

不任性就不是她了，尹煙撇開頭，眼觀鼻，鼻觀心，置身事外。

立刻遭到大神彈了額頭，默默吃虧。事情算是定的，會長笑笑，很習慣這樣的發展，泰然自若發號司令。

「高二的，記得今天十點線上開會，要討論的事我會條列先上傳。」

一群人歪歪扭扭分散站著，不時伸著懶腰，聽見「可以回家」馬上振奮，用力點頭答應，瀟灑擺手跑走，一個個急著過節。

其實今天才平安夜呢。

壓後關了所有電源，日落了，天空幽藍清澈，像暈染上淡褪的橘彩，分外好看，也許是會看見星星的好天氣。

想好要不疾不徐踱步，轉眼卻已經抵達清陽校門口。忍不住要撞牆，這麼急不可耐的沒有矜持。

正要摸摸臉蛋的溫度，心下咯噔一聲，發現自己先前忙得腳不沾地，哪有時間卸妝，現在……

深眼線、淺腮紅、妖媚正紅的唇色、蓋了三四層的厚重粉底遮瑕，當時我差點以為自己要演京劇。

難怪剛剛回頭率特高，我撓撓頭，摸到被髮膠定型的頭髮又收手。

晚風捲起落葉沙沙輕響，我倚著外圍校牆等待，夏辰閔從球場過來應該需要一段時間。面對他，我總是不厭其煩的等。

從不認為浪費時間。

「咦……裴宇薇？」

「……啊？」

第一時間想不出清陽高中除了夏辰閔還有人認識我。

心跳驀的漏了一拍，只憋出一個逼近痴呆的語助詞。真心害怕被同校同學抓住小辮子，我的守候是乾淨純潔的。

昏暗的光線視線幽微，正要與我錯身的女生停下腳步，驚喜側過頭，仰面的小動作被幾尺外的路燈打亮。

我一愣，倪允璨？

倪允璨一手拉著我直奔廁所，彎彎的眉眼盛滿笑意，雖然不是嘲諷或戲謔，我依然有點不自在，想到在自己又出糗，真想找個豆腐狠狠撞了。

不合服裝與年紀的大濃妝，一時間湧上的情緒太多，迷茫、驚訝，以及呆滯，我忘了闔上嘴，落後幾步的男生披著夜色走近，我結巴，「夏、夏……你……」

「從排球場過來，經過足球場剛好看見他們。」目光只是掠過我的臉龐，手指倪允璨以及並肩的陌生男生，淡然解釋。

舔了乾澀的唇，沒有說上話便被這位少女連哄帶騙拖走，勒令兩名大男人滾一邊去等，嗆得我一噎。男生們倒是認命，彷彿習慣她風風火火的任性。

比起在夏辰閔面前丟臉，在夏辰閔的青梅竹馬面前抬不起頭更讓人難過。

她拍了我的肩，腳步又要離開，一面暖聲道，「我回教室拿個卸妝用具，妳在這裡等我，我一下就回來，真的。」

盯著她跑遠的背影，千言萬語只落得一個字，「好。」

緩緩垂下眼瞼，如果沒有夏辰閔喜歡她這件事，我跟倪允璨一定是可以成為好朋友的，不至於像現在不上不下的關係，看著她對我好，我會彆扭。

會很小心眼的認為她不過是表現給夏辰閔注意。

我抓了抓頭髮，覺得胸口很不暢快，裴宇薇妳居然懷疑篤信十幾年的人性本善。戀愛真的會讓人容易猜忌，就算根本原因是在意。其實我最害怕的，是這份醋意言不正名不順。

如她所說，不用三分鐘，老遠便看見她回來的身影，自大片黑暗中走來，校園內的微光點在她身上。她的面容不是很清楚，但是唇角的弧度卻是可以預見的鮮明。

我努力將複雜的神色壓進眼底，「妳也是短跑厲害的？」狀似無意開啟其他話題，不讓氣氛沉入尷尬。

「沒有，十七秒快十八，很慢。」

她讓我閉上眼睛，輕輕慢慢幫我卸妝，可是應該也不是太細心溫柔的個性，有時候會失手下了狠勁，我都想搶回洗顏皂自己動手。她會討好的瞇起眼睛笑，吐了舌頭，笑嘻嘻道歉。

來來回回潑了三次清水，她讓我用洗顏皂洗兩次和一次潔顏慕斯，一張鬼畫符過的臉龐終於露出清秀，臉上透著被折騰的粉紅。

「終於好了，有沒有重生的感覺？」

「有，謝謝妳呀。」目光飄了飄，我怎麼突然犯尷尬。

沿著光線矇矓的走廊折返，倪允璨拉著我，在轉角小木桌坐下，語出驚人，「夏辰閔前幾天跟我告白了。」

我眼裡的光唰的撲滅，沉寂如一汪死水，手指縮了縮，收攏、捏緊。

直到痛覺自掌心蔓延開來，我都沒能找回接話的力氣。

我的情緒起伏鮮明，似乎都將天色染深幾分，我偏過頭，沒辦法面對她眼眸中的純淨無辜，還有漫天的欣喜。卻不知，錯過她的慌亂。

斜斜歪歪的懶散姿態忽的正襟危坐，她嗆了嗆，「不是不是，妳別想歪了，我的告白是另一種意思。哎，等等我組織一下我的語言。」

她懊惱拍了自己的額頭，眨了下眼，她看見我眼角的水光。

「我、我從頭說起好了，就是我跟夏辰閔。」

稍微舒展了手腳，她眼底的坦蕩在夜色中灼然明亮，「我們是青梅竹馬，呃，到國二之前。」

「國二那年夏辰閔的父母離婚，事情鬧得很兇，他被接去他舅舅家住了。他應該很討厭我，不然依照我們認識的時間，他怎可以一句再見都不說！所以分開的兩年我都沒有去找過他。

「他走得很急，我甚至是從我媽口中知道的。那時候覺得生氣，覺得失望，好像我很在意他，他卻沒有，連離開這種事都不好好跟我說，一聲不響的走，像是沒有什麼讓他眷戀的。

「所以我把日子過得很好，再也不賴床、不忘記帶早餐，不會寫的作業會纏著學霸同學教我，我必須證明，夏辰閔從我的生活消失，我沒有受到一點影響。

「很成功，我做到了，只是沒想到我們會上同一間高中，好死不死還同班了，他應該要去考數理資優班的。」

我被她的話繞得有些頭暈，試圖在她的敘述裡頭用螢光筆記錄上重點。看著屬於他們的相處、聽著屬於他們的故事，油然而生一股無從介入的頹敗感覺。

最青澀懵懂的歲月裡他們牽手相伴，存在著牢不可破的親暱。

「那妳……」是喜歡他的吧？或者，妳還喜歡他嗎？

透徹的眼光裡彷彿落進星光，她淺淺笑起來，帶著成熟又直率的灑脫，讓風撩起的碎髮沒有打亂她一身堅定。

她當然懂我未說完的問句。

「認識的一開始我就喜歡他，那麼優秀的人誰會不喜歡。小時候都這樣，誰照顧自己多一點、誰縱容自己有多一點，就覺得他是最好的。也是，那時候真的沒有人比他更好。可是，再多喜歡都可以埋進過去，只要足夠失望。」她的聲音淡進空氣中，卻依然有溫柔的笑意，「我因為他的不告而別不再喜歡他，他因為分開才發現喜歡我。哎，就他傲驕，知道我的煩人很可愛了吧，反正是說開了，我們對彼此告白，都是為了告別過去。」

「夏辰閔他還喜歡妳，還是你們……」咬了下唇，終究說不出口。

說不出口，連想像都會感到左胸口漫溢出的悶疼。

我用盡力氣都做不到雲淡風輕。

「已經錯過了，我喜歡他的時候，他不把分開當一回事；他喜歡我的時候，我卻用兩年的時間放下他。我們都是嘴硬的人，喜歡說不出口，如果當時我們有一個人先跨出一步就好了。」

我斂下眼瞼，壓抑的嗓音顯出沙啞，「夏辰閔不會甘心留下遺憾的。」

「遺憾什麼的，我沒有，他也不會。當時年紀小，言情小說看太多，其實不是多大的事，我們的喜歡有很大部分是熟悉和陪伴，不只因為個性，也因為不夠喜歡吧。」

耳邊落下她溫暖的笑語，背後遙遙有腳步聲漸近。我們同時回頭，兩道頎長的身影逆著微光前行，修長的影子徐徐緩緩靠近。

倪允璨抱住我的胳膊，輕軟的聲音染上一些羞澀，「我啊，已經有了更想守護的人，妳跟夏辰閔，會像我和他的，懂嗎？」

下意識搖頭，體諒歷經獨自失戀女子的智商好嗎。

她可不負責任，隨意捏捏我的臉頰，黑曜石般閃爍的雙眼掠過一絲狡黠，直直延伸到兩人，輕聲的話語卻毫無疑問事對著我，「妳以為夏辰閔那個懶惰鬼，幹麼要突然跟我廢話什麼告白？」

※

昨天被倪允璨推到夏辰閔身側，糊裡糊塗被牽著鼻子走，一路無話，約莫是還沉浸在令人驚心的話題，我也不胡鬧了。

很意外，夏辰閔途中瞄了我好幾眼。

直到站在我家門口，我仍低著頭沒發現，沒聽到同調的腳步聲，才詫異回頭。

「怎麼了？」

「妳家。」揚了眉，他指著門牌。我眨眨眼，顯得十分無辜。

雙手自然放進口袋裡，月光在路燈的襯托下格外淺淡，照在他身上，在後方拉出好長好長的黑影。我站在他面前，不是畏畏縮縮在他的陰影裡。

他的語氣很從容，似乎這樣的關心不多不少，「想什麼？」

「什麼都沒想……」我刻意拖長尾音，他的眉眼更深。

「我猜，是倪允璨跟妳說什麼了？」

「你跟她怎麼都叫彼此名字？」

「不然？」

我努努嘴，嘟囔。「青梅竹馬不是都會有幾個暱稱啦、綽號啦，還是太中二你們都不敢再提？」嘛，往事多不堪回首。

他伸長手，拍了我後腦，「不要轉移話題，問妳問題呢。」

我扭過頭，怎麼開口，再告白一次，或是大膽問你是不是有可能喜歡我？

「給我。」

他突然這樣說，深邃的眼眸閃爍著星光，似乎將他整個人襯亮，清澈的眸光緊緊攥住我，帶著讓人誤會的繾綣。

在他眼裡捕捉到一絲彆扭。剛剛元氣大傷，我沒搞懂他天外飛來一筆的話，顯然他看起來很想掐死我。

「耶誕快樂。」

「耶誕快樂……啊！禮物！」我這才想到。

這人真的傲嬌到無可救藥，我抬眼去瞅他，只見他揉揉鼻子，也許是我的打量藏著太多欣喜與調侃，他偏過頭。

誰都不願意打擾這樣寧靜的曖昧，所有困惑與焦急都吞入肚子裡。就先這樣子吧，時光漫漫，我們不會輕易散了。

因為我夠堅定的死纏爛打。

含混著雜訊的校園廣播打斷我的回想，大多數人都停下手邊的玩樂，目光看向牆上的無聲廣播電視，耳朵認真接收耶誕舞會中創意表演的班級名次。

「高二，第一名五〇一，第二名五〇三……」

「耶！」全班歡聲雷動。

「哇，第二名第二名，可以少寫兩篇作文！等下一定要記得跟班導說！」

也有人撇撇嘴，「第一名又是語資，連續兩屆。」

「值得驚訝嗎？高三那屆前會長的班級也是連任第一名。」

「唉，一屆是語資連霸，一屆是數資連霸。反正他們的表演和劇本也是名符其實。」

緊接著敲起的上課鐘聲，讓走廊上叫囂的人一哄而散。班導師踩著高跟鞋優雅上了講台，眼角的弧度外露著好心情。

同學們參差不齊的吶喊洋溢著興奮，報備著喜訊，壓過班長正要起音的「起立、立正、敬禮」，老師擺了手也不計較。

「知道耶誕舞會的名次了，是不是要再來面對一下學科競試的成績？」

毫無疑問的，同學們靜默一秒，頓時哀鴻遍野。

導師清清喉嚨，厚實的書背敲了敲講桌，底下才漸漸收了聲音。

「先來發數學。」與我無關的科目，我趴在桌上百般無聊，倏的感覺熱烈的視線在我臉上。班導揚聲道，「我們先恭喜宇薇，這次競試的黑馬啊，跟張凱同分，單科排名並列第三名。」

群起的鼓掌想必是伴隨著鼓譟，零零落落的吹捧已經讓老師見怪不怪。

「喔喔喔！夫妻同分啊」、「天然無添加的默契」，還有「一定是都一起讀書了」。

呿，是要歸功於夏辰閔好嗎。

即便如此，依然不自覺脹紅了臉。但是氣惱，絕對不是害羞。我根本不敢望嫚嫚的方向，只能用著誇張的語調反駁。

「閉嘴啦，我是自學成材，我前一天算到三點。」

「這麼拚？妳有這麼缺獎狀？那不會選國文嗎？找虐？」

我跟說話的這位男士之間沒有同學愛了，可惡。

我咬咬牙，不得不說出自己幹的蠢事，「我太快樂，在飯後喝一杯七百C.C.的咖啡，睡不著，我覺得算數學可以幫助睡眠。」

我簡直想捏死他，捏著拳頭的動作正巧落入張凱眼簾，我僵住。

「好了，讓我發完，待會讓你們自習。還有那個，宇薇，妳的國文別給我出事，不能對得起你們數學老師就對不起我。」

「是，老師。」

一場尋常的鬧劇被老師輕鬆帶過。

蹲在後走收拾回收垃圾，突然一雙熟悉的鞋款走近側邊視線，我順勢側頭仰首，果不其然。

我抿了唇，「嫚嫚。」

「我陪妳去吧，可以順便聊天。」

有些訝異，嫚嫚是最討厭曬太陽的，偏偏資源回收都是中午打掃時間，絕對是她不能接受的烈日，因此我們沒有選同樣的工作。

我愣愣的點頭，她展顏一笑，拎過回收籃一側的提把。

望著她的笑臉，我抓抓頭髮，眼光裡一片恍惚，想不起我們最後一次如此自然真誠是什麼時候。

走過熙熙攘攘的穿堂，我們都在漫無邊際的扯著話題。我們之間的問題從來沒有變過，一直都是建立在張凱這個存在。

「昨天，」輕柔的聲音卻莫名露出一點乾啞，頓了頓，她深呼吸一口氣繼續道，

「張凱問我，我們是不是吵架了。」

「我、我什麼都沒有說。」這誤會是宇宙大了。

嫚嫚出乎意料苦笑，牽起漫長的嘆息，「我知道妳不會做這種事，我在妳眼裡這麼小心眼嗎？」

「我怕妳多想⋯⋯」

「我後悔了很多次。」她打斷我，一樣溫柔的聲音卻有一絲強硬，像是陷入自己的思考，「為什麼當時要跟妳承認喜歡他，然後我們之間變成這樣。明明不是沒有他不行，我卻因為他，跟妳都不能好好說話了。」

紊亂的思緒不知道是因為稀薄空氣的空間，或是，我們胸口都堵著太多焦急和憂慮。

嫚嫚用衣袖抹抹眼角，「我知道妳躲我，也知道妳是想跟他保持距離。我以為這樣做我會感到開心，可是沒有，沒有妳的生活一點都不好。我是不是太貪心了？」

語落，聽來語無倫次，我卻覺得心口酸酸澀澀。

我也曾經埋怨嫚嫚不把我們的友情當一回事。

也曾經以為嫚嫚把我的退讓當作理所當然，誤會她覺得沒有我的日子很暢快，一度想讓這段搖搖欲墜的友情漸去漸遠。

聲音低啞，我捏緊衣角，「就算不為了妳，我本來就該跟男生保持一點距離……」

「沒有，不是這樣。對不起，其實我可能也沒有自己想像的那麼喜歡，我怕妳被他搶走，我怕我們三人最後剩我一個人落單，我、我國中被欺負過，所以……」

我扔開塑膠籃，她也順勢鬆開手，哐噹一聲落地沒有引起我們的注意。抿了唇，看著她摀住嘴巴落淚，我也跟著想哭。

「我太笨了，閨密跟男生朋友怎麼能比，絕對是閨密勝出啊。對他真的只是好感，因為他很開朗，跟妳一樣。所以我很害怕，怕妳會覺得我無趣、覺得我麻煩。」

尹煙說過，有一種朋友的喜歡會摻雜著嫉妒。

我們被那些特質吸引著，同樣，折射出自己的不堪，焦慮自己過於黯淡。

朋友是彼此嫉妒羨慕著，卻又相知相惜。

「高一新訓的時候，是我一直纏著妳說話，我才要怕妳討厭我。妳成績好，我卡在中間不上不下，妳也沒嫌棄我。妳的『媽媽濾鏡』不是太深了？」我吸了吸鼻子，忍不住質疑嫚嫚的眼光。

「媽媽濾鏡是什麼？」

「媽媽不是都會覺得自己女兒最好，頭髮剪壞還是小公主、吃胖了也還是小可愛。不只開濾鏡，可能自帶修圖模式了。」

聞言，嫚嫚終於破涕為笑。不管我們沒有洗手，跨過籃子相擁，總算是和好了。

※

才剛慶祝完耶誕節，明天就又是令人興奮的跨年夜。

可是，沒愉快等到跨年，很多心結都必須處理。我與嫚嫚的已經告終，接下來，還有我與張凱。

這陣子以來，偶爾也會說上幾句話，但是，彼此都容易顧左右而言他，或是匆匆就別過。我們可是同班同學，竟疏遠到這種程度，有點驚人。被幾個熟識的朋友八卦幾回，有一兩個心思細膩的看出真相，我卻希望她們裝作什麼都不清楚。

關於誰喜歡了誰，與當事人以外的無關，不要因為流言玩笑我成為嫚嫚與張凱彼此的刺。

我很努力，但差點把友情弄丟。

正在思考如何跟張凱好好開口，恰好他從前門進來，後面沒有跟班。我反射性喊了他的名字，他眸色一詫，盯著我，眼裡充滿探詢，卻沒有說話。

像是我下一秒不給出合理解釋，他扭頭就會不管不顧。

我扯扯髮尾，「我幫你留了冬瓜芋圓，在桌上。」一眼神示意，話落，我輕巧繞開他回到座位。

低低悶悶的聲音自背後傳來。「妳還記得我喜歡芋圓。」

心念微動，世界上最難捉摸的，大概是喜歡自己的男生，一如往常怕給他希望，說多了怕傷他太多。

我佯裝滿不在乎，勾了唇角，「你那叫狂熱，隨便抓班上誰問都知道。」

「嗯。」他驀的拉住我的手腕。我回頭，與此同時，他抬眼，四目相交，湧動著的不再是粉色怦然，是幽藍的掙扎與複雜。

我輕輕抽開手，是朋友？或是連朋友都不是？如果是為了跟嫚嫚的友情，我想，我可以做到一拍兩散。

總有一方會受傷，我不能給他多餘的期望，其實，我也沒有什麼值得他念念不忘。

「因為那個人，妳才要跟我保持距離？」

「什麼？」

「然後一邊湊合我跟阮嫚芸？」

嚥了嚥口水，他這個推理跟猜想讓我招架不住。我不自覺後退一步，他的目光劉露出我不曾見過的凌厲。

這人平時沒有那麼精明的。

「你做夢啦！誰湊合你跟嫚嫚……」

「總算可以好說話了？」

「啊？」我愣了愣。

他抓了抓柔順貼著後腦的黑髮，面露難為情的尷尬。飄移的目光落點在後方公布欄，單手捂住嘴輕輕咳嗽，「我們那群人煩死了，說一天沒聽到我跟妳吵架覺得班上氣氛都不對了。」

「呿，誰喜歡跟你吵，我很溫柔嫻靜好嗎。」

他鼻孔哼出冷氣，「呵呵。」

對看兩秒，釋然笑出聲。這樣的相處模式是和裴宇薇與張凱。

「被我喜歡也沒這麼要命吧？每次看到我都像看到鬼。」

我搔搔臉，這絕對是誤會。「我是怕你……怕你心裡有疙瘩，所以非常善解人意繞道而行。」

「我們同班，妳能閃哪裡去？轉學嗎？」

「你怎麼這麼沒有同學愛？霸凌嗎？居然要我轉學？」

他伸手推了我額頭，彷彿很久很久以前那樣，自然而然。他怔住，訕訕收回手，正經擺回腿上。

站立著不動，我稍稍後仰了身子，雙手交叉在胸前打了叉，「不能動手動腳啊，以策安全。」

他立刻被氣笑了，掄了拳頭想揍我，徹底落實校園霸凌。

「算了吧妳，為了他跟人保持距離？他又看不見。」抑揚頓挫分明的聲音藏著壓抑不住的嘲弄與不甘心，沉黑的眼眸像風暴，會讓人陷了進去。

他要這麼猜想就這樣吧。不論是因為嫚嫚或是夏辰閔，確實也不該繼續跟男生毫無顧忌的打鬧。

「要你管，我樂意。」

似乎看不慣我得瑟，雖然他情場失意好像應該怪我。睨了我一眼，他翻了白眼走開，低聲嘟囔一句，「我的審美觀，連我自己都絕望了……」

「我只要一想到放學要跟夏辰閔一起跨年，我就沒法冷靜啊啊啊！」

當然，關鍵的三個字我壓低了音量。

貼在後腦的髮絲已經被我揉成鳥窩，徹底逗樂嫚嫚，跟我坐一桌吃飯的張凱目不斜視，只是吃飯的速度加快。

「歷史課都被老師說過動了，看得出來很興奮。」嫚嫚收回偷瞄張凱的視線，恬淡笑了笑。

「興奮是一回事，真正是緊張。我緊張起來，我自己都害怕啊。」語出驚人事小，我怕我色慾熏心，會對他上下其手。

「要不然別去？」

「說什麼啦，不可能，我……」

「妳還要喝奶茶嗎？」

喀啦忽然拉開椅子，張凱直直起身，低頭靜靜看我，眼神示意角落空了的馬克杯。今天是特別餐的星期三，除了熱湯，各班會多一桶甜品。我愣愣點頭，他迅速接過，轉頭也問了嫚嫚。

直到他走遠，走進隊伍，我眨了下眼睛，「他什麼時候這麼自動自發？」

「難受是比較出來的，大概是覺得幫妳裝飲料比聽妳說喜歡的人舒服。」看清楚她眼裡的無奈，有點理解。我壓了壓太陽穴，小心翼翼開口，「那妳……不介意了？」

「妳說張凱？」我用力點頭。一抹清澈自她複雜難辨的眼眸漸漸暈開，漸漸成海，她笑語，「大概是有點想開了。唉，人生真奇妙吧，當初糾結成毛線，可是想開好像又是一瞬間的事。」

「真的？妳別騙我啊。」瞇起眼睛，伸出手指著她的笑臉。

她一把抓住，「喜歡當然還是喜歡，只是走一步算一步吧，之前怕失去妳，又怕跟張凱沒有交集，過得很緊張，現在也不錯。」

「我以為張凱會喜歡學藝呢，反正一定不是我這種的，喜歡妳也比喜歡我機率大。」感嘆一句，我奇怪道，「妳說他是不是視力不太好？」

「他戴隱形眼鏡。」

「好，知道了，度數不夠。」

目光遠遠看過去，他正倚著門框跟兩三個男生笑鬧，看起來跟原來沒什麼不同，像我們三人生變之前。

多說什麼無濟於事，牽扯暗戀牽扯喜歡，就分辨不出標準的誰對誰錯，時間總會讓一切刷淡那些無疾而終的心動。

「我們別想太多啦，只是庸人自擾而已。」

我戳戳嫚嫚的手臂，低嘆，「好不習慣啊，我居然變得比妳多愁善感。」

「談戀愛的人，智商會直線下降。」

「還不是什麼談戀愛呢。」

因為我約得臨時，和夏辰閔晚餐各自分開吃。我是死皮賴臉才求到獨處的機會，等他一會兒不是什麼大事。夏辰閔跟球隊的人聚餐，要不是有夏陽在場，他肯定不會去湊籃球隊熱鬧，他說他只是掛個名。

嫚嫚和張凱一起去參加班上的跨年團，放學跑得比我還快，說要佔視野佳的好位置，今年煙火很值得期待。

想著，一面替自己此刻淒涼的慘樣哀傷。夏辰閔怎麼還不來？

繞著公車站的車次顯示路線牌轉圈。生活在這個城市十幾年，普遍都瞭若指掌，真怕新政策的改動，我怕路線面目全非。

縮了縮腳，扯著被風揚起的校服裙襬。跨年夜冬天溫度不容小覷，難得氣象預報沒有胡謅，我卻沒有信邪。

冷得直打顫，頻頻張望每道來來回回的身影。

「你約會，跟我有關係？」

淡漠的聲息透著刺骨的冷，笑意全是假的。這樣的語氣很熟悉，有與生俱來的冷傲，跟他的名字截然不同。

我欣喜扭頭，「夏辰閔！」他身邊果然跟著夏陽。

小跑步上前，仰著凍得有些顏面失調的臉。那份快樂是從心底湧出來的，有股沒道理的光芒與真誠。

夏辰閔蹙了眉，瞥眼我的穿著。「沒先回家換衣服？」

與此同時，我乖巧檢視一眼，難道夏辰閔嫌棄穿校服太顯眼？

「不冷？」

「呃，有點。」傻傻點頭。眼角餘光卻是瞄見夏陽似笑非笑的眸子。

高深莫測得引來我打量，半晌的恍神，錯過夏辰閔的舉止。原本裸露在冷空中的頸項被毛茸茸的觸感包覆，溫暖將寒風阻斷。

立刻抬手搭上，是一條中性的墨藍色圍巾。回想夏辰閔的動作，似乎有刻意加重力氣的嫌疑，露出莫名的賭氣。

萌感直擊我的心臟，感覺臉蛋不爭氣發燒了起來。

「學得真好，滿滿的套路。」夏陽嗤笑，沒有惡意，卻是對著夏辰閔調侃。

「你可以走了。」

「行，利用完就丟，回頭算帳。」

夏陽本來就是一雙漂亮的笑眼出名，像是完美剪裁的弦月，卻沒有彎月的恬淡柔和，望著他要融進夜色的裡修長背影，有點走神。
誰說夏陽的笑眼讓人醉心的！瞧一眼都覺得冷汗涔涔，我搖搖頭。
「夏陽很好看？」
「喔，真的跟傳言一樣，人神共憤的程度。」
「他要直接回家耍宅，不如我幫妳約他回來？」
驀的回神，語氣落進耳裡十分熟悉，有讓人招架不住的威脅。唯一不同的，是若有似無的醋意。
咬了下唇，由衷期盼不是錯覺。
「不要，我有你就好啦。」
我必須解釋，八成是光線過於疏淡，月光朦朧，加上街上車水馬龍的喧騰，整個思考跟著鬧哄哄的，我才會說出沒有矜持的告白。
但是，眼尖捕捉到他爬上一抹粉色的耳根，突然覺得後悔都是浮雲。
這反差萌真的……真的太挑戰心臟了。
沿街我們小聲說著話，走的不是鬧區，用不著聲嘶力竭，那種熱鬧說不定還聽不見彼此交談。
「你利用夏陽什麼了？」我好奇的問。

「……」他正巧踩上一片枯葉，清脆的擦啦聲響倒是成了他的回應。

「說嘛說嘛，我好奇呀。」

我竟然聽出他聲音裡的不自在，可愛得讓人想摸頭。他清了嗓，「我叫他陪我去挑圍巾。」

「你買的？送我？」

「不是都在妳脖子上了？」

歡呼一聲，跳躍到他面前。他及時煞住腳步，大概是怕撞上我，眼裡閃過一絲不認同，他小心接受這份擔心，心裡甜。

我拍拍腦門，懊惱的扁了嘴，肩膀垮了下來，「可是我沒準備禮物……」

「耶誕節送過了。」

「那不行呀，不管，我們去逛逛，我現在沒想法，走走就有了。」

他沒有拒絕，就是好奇，嗓音裡都是暖暖的笑，「為什麼不行？」

被他突如其來的笑亮晃了眼，美色誤人。我揉揉眼睛，撇開頭，當然不能如實把話說出口。

一來一往的回禮，像是畫清我們的關係，我不喜歡。

「就是不行，除非你告訴我為什麼送我圍巾。」

「年終禮物？」他自己都遲疑了！

「年終禮物？你怎麼不乾脆說年終獎金？」

「裴宇薇妳怎麼這麼俗氣，送錢妳會開心？」

我一噎，回神才發現被他拐了。撇撇嘴，拿幽怨的眼神時不時去瞟他，夏辰閔好氣又好笑，訝異我這麼執著得到答案。

好聽的聲音在頭頂響起，彷彿來自遙遠國度的夢幻。夏辰閔將我一綹碎髮勾到耳後。「收到禮物開心？」

指尖不經意擦過臉頰，睜著明亮星燦的眼，一眨也不眨，「開心！」

「嗯。」

嗯什麼呀，夏辰閔我都不知道你這麼悶騷。

嘟囔歸嘟囔，在我眼裡，他怎麼做都是可愛的，他送我禮物是要我開心，這麼想的我，是被容許的吧。

十點三十七分。我們已經繞著商圈走了有兩回，我有嚴重選擇障礙，怕他嫌我煩，總是偷偷觀察他的神色。他肯定感覺到了，可是仍然泰然自若跟我搭話。

當我數不清第幾次數偷瞄，他略過原本的話題，溫聲道，「好好逛街不行嗎？看我幹麼？妳選擇障礙又不是一天兩天的事。」

「你不無聊？」聽他這麼說，懸吊的心確實安了，還多上一點開心。

「不會，我不常出門逛街，平常都買了東西就走，不太逗留。」

「男生都這樣？」

「也不是吧，只是不覺得需要浪費這個時間。」頓了一下，他瞅了我一眼。我正努力從眼底散發亮光。「妳想怎麼走就怎麼走吧，可以陪妳。」

我呆住，腳底一軟，踉蹌了兩步。這反應太突然，他顯然措手不及，扶上我的腰間時我已經站穩。

見他不放心的盯著我，臉蛋更燙了。喜歡夏辰閔一直是我單方面的事，但是，我從來沒設想過有朝一日可以跟他在一起，甚至連他對我好，都感到受寵若驚。

隔著多層衣衫，依然可以感受到他掌心的熱度，我扭了身子，腦子攪成漿糊，不知道要說什麼。

沒想到他卻還糾結我在平地都走不好路，語氣有點嚴肅，「怎麼連路都不會走了？」

我覺得委屈，還不是你太靠近我了！

「站穩了？」他看似無心的問。

「嗯。」

他這才鬆了手，見我埋著頭繼續走，居然失笑。他大概是以為我是覺得丟臉，殊不知，我是因為害羞啊啊啊！

害羞這個詞明明距離我很遠了。從開始死纏爛打攀上夏辰閔，我就不寄望自己可以跟矜持、害臊諸如此類的形容詞搭上邊。

走了好一段時間，肚子也餓了。尋找禮物的目標果斷被拋到理智之外，夏辰閔對吃沒有想法，我主見多，發揮吃貨本能，拖著他滿街到攤販買了各種小吃。

他難以置信，很無語，「妳吃得完？」

「這很多嗎？」我反問。

「妳在這裡坐著，我去買喝的，冰茶還是奶茶？」

「冰茶加珍珠！」可憐兮兮看著他，「你快點回來，我一個人守著這些食物，會有危險的。」

「不會，反而安全，綁架妳，他們養不起。」

所以說，偶發的毒舌是夏辰閔的本性，是吧！

坐在圓環中間的噴泉石磚邊緣，探頭望了，裡頭有許多零錢。努努嘴，又沒人說這是許願池，只是城市造景啊。牙咬下一口雞胗，又鹹又辣。

夏辰閔怎麼不趕快回來？我好渴。

吞吞口水，整張臉擰成包子模樣。我從制服裙子口袋摸出一枚五元硬幣，哎，太少了，我的願望有點大。

好不容易從書包底層找到五十元……一個便當夠誠意了吧？

站起身，拍拍裙面，將希望握在手心。左思右想，該許什麼願望才不會太貪心？

沉吟片刻，被一道染著輕笑的聲息打斷，匆匆閃過一份期盼，像扔掉燙手山芋一樣，沉甸甸的錢幣如同極有重量的心事，沉進水底。

「又怎麼了？」

「嘿嘿嘿，許願啊。」笑嘻嘻接過他冰涼的飲料，我抓住他的手腕，「要不要也試試？」

「只是不知道哪裡搬來的，騙騙觀光客，妳在地人還相信了？」

汗顏，這想法跟我前些時候一模一樣。

為了不顯得自己傻，我指著水池，「肯定也有自己人投的。你不要跟它認真啊，就丟嘛！」

盯著在我眼底漫開的興奮和期待，他一動不動，良久，轉頭，從容淡然的目光掠過水面，吐出一句，「才不要。」

「夏辰閔你玩我……」覺得被傷害、覺得被欺騙，大大吸一口冰茶，鼓著被珍珠塞滿的臉頰。

時間越晚，過境身邊的風越狂妄，夏辰閔攏緊球隊的防風外套。

他淡淡扔話，「我的願望會實現，不用依靠許願。」

「咦？是什麼？」

「說出來就不會實現了。」

我理直氣壯發揮我的胡謅學，「亂講，那是生日願望。」

「不說了，快吃，再五分鐘要倒數，如果錯過妳就不要哭。」

一句話把我堵得死死，氣悶悶飛快進食，一面割愛給夏辰閔。他挑了眉，也不挑食，順勢吃了。

四分鐘匆匆飛逝，我跳著，將打包好的垃圾塞進公共垃圾桶，蹦蹦跳回到原地，距離新的一年不到一分鐘。

抬眼，只看見夏辰閔的側臉。他的聲音沉沉，像夏日南海岸的白色軟沙，很乾淨，很舒服愜意。他低頭與我四目相接，「倒數嗎？」

彷彿被蠱惑，我傻傻點頭。意識如同破碎般，充滿他的笑、他的溫和，還有在幾尺之外人群的喧鬧。

三十秒的倒數，已經此起彼落開始。

鬼使神差似的，我上前拽著他的袖口，不敢斗膽牽他的手，雙頰熱燙，不看他，視線遠望一望無際的夜色，是舊年的尾巴。

「……八、七、六——」倒數間，我瞧了他一眼。

他無奈開口，「……四、三、二、一——」

砰！近乎同個瞬間，數字淹沒在火簇的銀花裡，飛揚的神色都是快樂與幸福。我高聲尖叫，混雜在許多人的喧嘩中。

「新年快樂，裴宇薇。」

煙花在遙遠的天際綻開，似乎將我們的世界點亮，明明滅滅的火光，視線下移，我正好側頭凝望夏辰閔線條分明的下顎，黑眸看得不是很清楚，有種幽微的光與情意在流淌著。

黑夜被暖色的煙光劃開，所有星星都微不足道。

他早了我一步開口祝福。暖意不是剎那的煙火，落入胸口，匍匐填滿全身，沒有在時間流淌中淡去，留下令人懷念的餘溫。

距離得遠，我們自然聞不到殺風景的煙硝。我鼻間全是屬於夏辰閔的清香，夾雜著淺淡的茶香。

眨了下眼睛，我怯怯伸出剛剛收回的手，一把抓住的衣袖一角，起初是試探的小心翼翼。當他有感低下頭，心跳一亂，我牢牢拽緊。

他揚了眉，彷彿在問「為什麼」。喉嚨忽然乾澀，下意識舔了唇。他眸光一深，沒說話。

聲音像是用盡所有勇氣才擠出，捧著格外珍視的心意。「夏辰閔……」

我從來不會想過自己會有這樣一天，一個人的名字，便是生命中最執念的浪漫。

「夏辰閔，我喜歡你。」

「我知道。」一聲音很沉很穩，比薩克斯風的低吟要好聽。

「夏辰閔，你昨天沒有喜歡我，今天也沒有嗎？」

夏辰閔，你昨天不喜歡我，今天可能也沒有喜歡我。那麼，你明天會喜歡我嗎？

終章

如果每個季節都有每個季節的任務，上個季節是遇見你，這個季節是喜歡你，那下個季節就是好好告別你。

——蔡傑曦

「姊，奶奶叫妳跟我一起去市場。」

我翻了個身，身體歪歪扭扭自沙發滑下一點，「去幹麼？」

「除了買菜還能幹麼？讓妳擺攤嗎？」裴宇信充滿鄙夷的語氣一點也不知什麼叫禮貌。努努嘴，哀嚎一聲，是阿嬤的要求當然不能不去。

雖然不排除是裴宇信堅持拖我下水。

完美落幕高二上學期的所有節目，學生自治會幹部群的最後一次會議也只是擬列出下學期計畫，期末考很災難的來臨。

要是學期成績不夠標準，幹部位置很有可能被拔掉。所以我每一科目拼死拼活讀，答題都膽戰心驚，越近考試日子，走廊遇到尹煙都必須接受她冷冽的威脅目光。

練習數學時，重複題目錯第三次，夏辰閔露出的微笑還讓人冒冷汗。

新的一年到學期末，夏辰閔都沒有到超商工作。他輕描淡寫解釋，打工的事情碰巧被教官看見，本來就不符合法律規定，夏辰閔的成績也算是學校重視的，自然被軟硬兼施的制止。

幸好，他嬸嬸的病情已經好轉，聽說也徵到一個短期工讀，超商暫時不缺人手。平日沒有見上面的機會，夏辰閔卻是固定在週末會指導我理科，會選一間速食店坐一個下午晚上，因此，我可以大膽期待，期末考分數是穩了。

結業式當天我立刻被爸爸扔回鄉下奶奶家，我連跟繁華世界 kiss bye 的機會都沒有。好吧，我就是很遺憾不能繼續在夏辰閔跟前蹭曝光率。

心塞。

但是，閉上眼睛，耳畔彷彿依舊迴盪著他的聲息。

帶著壓抑，帶著嘆息，帶著令人誤會的寵溺。

他說，回家吧，裴宇薇。尋常的催促都讓他搞得像告白。

唉，煩躁的撓撓頭，倒頭趴在沙發上，拍出一陣灰塵。要是是告白就好了，他羞於告白也沒關係，我來呀，他答應就好。

老實說，從來沒有設想過與夏辰閔不再是朋友關係的以後，也不知道我們之間不再是我追他跑的互動。只是，光想像有另一個女生挽著他的手，躲在他懷裡哭笑，我就難受得一口氣上不來。

特別想哭倒長城的幽怨。

「姊妳再不出來，待會買菜剩下的零錢，我就自己買冰棒吃，沒妳的份。」

「裴宇信你怎麼這麼不要臉，給我等著，三分鐘。」說到吃，不能輕言妥協。解決不了的人生煩惱先放一旁吧。

❂

我以為經歷一個寒假，一個藏著農曆新年的寒假，我跟夏辰閔的溫度關係，不是飛越的奔往火熱，便是悲慘的跌到谷底。

居然維持在不上不下的曖昧，沒有密切聯絡，但也沒有疏遠。

可能我還是秉著滿腔熱血，大過年的他不好意思潑我一頭冷水。

開學前約過一次電影，是部戰爭片，我哭得一把鼻涕一把淚。哭得太賣力，能量都消耗殆盡，在兩人面對面的電梯裡，飢餓的呼喚衝破寧靜。

我面如死灰，形象什麼的，一輩子都找不回來。夏辰閔勾了唇，似乎特別想笑，抬手摸摸我充滿熱氣的腦袋，掀起一絲微涼。

新學期的第一週也不輕鬆，最後兩天是高二與高三的模擬考，所有人都淪落成枯萎的花，懨懨的。

突如其來砸進校園的火熱話題竟是兩校間的粉色八卦，跟學生自治會還脫離不開牽扯，不光是我震驚，全幹部們都沸騰了。

男神夏陽在追我們家尹煙！

我只不過幾天沒有登入校版，離開鄉下回到家，才呼吸上兩口自由與科技的空氣，大片雪花似的謠言與猜測沒有盡頭的落下。

中午時候，學生會幹部群的第一場會議，氣氛十分詭異。

五雙眼睛閃亮亮盯著斜斜躺在角落的尹煙，置身事外的清淡模樣讓人焦急，好奇心越發澎湃，但是，僵持許久都沒有人敢作開頭多說一句。

給她撐腰的人沒人惹得起。

「咳，都到齊了？」會長清了嗓，總不能讓會議毫無進展。

尹煙除了容易惱羞成怒，對於浪費時間最是痛恨。

可是這開場白找得也太爛了吧。我默默看著會長。

她似乎習題寫到一個段落，果斷闔上課本，稀疏平常的聲音卻是染著微惱，「其他高二的呢？」清秀的眉輕蹙。

「今天先開幹部會議，決定一下活動名單，回去整理成表單投票。」

尹煙眨眨眼，輕率轉著筆，點頭輕輕嗯了一聲，軟軟的，像是剛睡醒的惺忪，帶著滿滿疲倦。

中午的陽光切在木桌上，卻沒半點提升溫度，一場會議進行下來低迷，格外讓人窒息。尹煙的脾氣，大家向來包容，就像包容我們其他人一樣。

「好，目前就這樣，尹煙晚上八點前會把表單發到群組，然後，再等經紀公司那邊的藝人價錢下來，我們要再評估一次各部門的招商金額。祕書記得整理會議紀錄，還有問題嗎？」

公關部長唯唯諾諾出聲，舉了半個手高度，見大家目光聚集，頓時倍感壓力，「我早上我到會辦一趟，順便檢查了意見箱，看見……」

「講重點。」清冷的聲音揚起，笑意不到眼底，啪的一聲，尹煙的自動筆摔在桌面。現場所有人噤若寒蟬，她不鹹不淡開口，「手滑，你繼續。」

事後，公關長如何懊悔自找麻煩都是後話，他怎麼就選擇撞刀口。但是，現在他是不可能把話吞回去的。

「熱舞社希望我們協辦快閃。」

「男熱還是女熱?這是什麼大事,需要我們支援?先說,要錢沒有,要器材也沒有。」會長先是一愣,立刻醒神,大手一揮,咬死了條件。

公關長撓撓頭,要不是社長在他們班,他才不願意硬著頭皮問。

「男熱跟女熱一起。」

我雖然愛看熱鬧,也喜歡熱舞社的表演,可是,忍不住多嘴質疑。

「兩社聯合人手還不夠,他們社員是有多廢柴?」

「他們想要兩校聯合,前提是要我們徵求學校同意,其餘他們自己會解決。」閉上眼一口氣唸完,很壯烈。

會長簡直想捏死人,「他們什麼意思?最難的留給我們,被駁回要寫檢討的也是我們,要我們當炮灰也不是這樣吧。而且,器材什麼雜七雜八的,他們處理不是應該的嗎!」

我喃喃一句,「兩校聯合……」

兩校聯合!猛地坐直身子,我抽過公關長亮出的紙條,一字一句讀,字裡行間倒是有恭敬有禮貌,不過,顯然我們家會長跳腳、美宣長不屑、事務長拒絕出面。

哎,搞得我這麼興奮很不合群。

「意見書誰寫的?」

瞬間躁動都平息了，尹煙淡淡問。

我一嗆，「尹煙，手下留情！」所有人點頭如搗蒜，連會長都欲言又止，原本是氣焰最大的。

「妳想辦？」尹煙視若無睹，眼神瞄向我，「老實說。」

「想。」這是巫蠱！絕對是！我的真心話。

會長也已經冷靜下來，望向尹煙，我們其他人只能傻兮兮見她們交換眼神，完全不能心領神會。

「那就幫吧。」會長發話，驚喜像隕石落下，砸得我們沒回過神。

尹煙滿不在乎道，「反正我哥說過，誰讓我們不痛快，我們都找上面行政，不就一張檢討，不成，我來寫。」

「尹煙……」

「我知道我霸氣，不用妳讚美。」

我脫口，「妳是不是想跟夏陽合作？」

我想，我只能替高一活動部的孩子們默哀。

尹煙眯了眯眼睛，凶狠的目光跟稚氣未除的臉蛋非常違和，緊緊攥住我，冷聲開口，卻是對著記錄會議的祕書長。

「這一屆活動部的招商金額門檻加五百元。」

我欲哭無淚，偏偏會長力挺尹煙，能有多一點資金，身為財迷的會長表示贊同，就算不是自己的錢也這麼摳。

頹靡的姿態回到教室，鐘聲還沒響，只見嫚嫚露出笑意。

她摸摸我一頭亂毛，「沒打聽出什麼，反而被打擊了？」

「我就是不小心說話比腦子快……」

「不難過，不是第一天這樣了。」

我噎了噎，無從反駁，「唉，全世界的人加起來都沒有尹煙愛面子，她最討厭被人八卦了，後來才好一點，剛開始的會議氣氛我動一下都不敢。」

話及此，不自覺伸了懶腰，大幅度的拉起筋。

「誰都喜歡聽八卦，可是沒人喜歡被八卦，很正常。」

「妳之前還說羨慕跟張凱綁一起呢。」我嘟囔，開著玩笑翻起舊帳。

嫚嫚睥光一詫，似乎也記起不堪回首的過往，紅著臉打我。

下午讓我睡掉一堂公民課，數學課的時候神清氣爽，唰唰的翻閱被夏辰閔強迫著寫完的題目，全是不可說的血淚。

想著，低頭偷偷摸摸要給夏辰閔發一則信息，沒想到掌心先傳來悶聲的震動。我嚇一跳，差點失手摔了我一年零用錢都買不起的奢侈品。

正好停在夏辰閔的對話框，我光速已讀，哎，真是心有靈犀。

自從收完夏辰閔主動傳來的訊息，最後兩節課都克制不住我的嘴角，我身體的運動神經已經不受大腦控制。

張凱受不了，「有毛病？笑得跟智障一樣，妳臉上那什麼妳知道嗎？」

「哼，美貌，你忌妒不起。」雖然還是下意識摸一把臉頰，我轉頭低聲報告，掩不住飛揚的神色，「夏辰閔找我一起吃晚餐！」

「知道啦，也只有他能讓妳變得這樣奇奇怪怪。」

誰奇奇怪怪了，很正經好嗎！

我們，我與夏辰閔，絕口不提跨年夜的曖昧。

像模糊夢境中的因景生情，浪漫卻不真實。我捏一把自己的臉頰，如果不是每天都能看見床頭櫃上的圍巾，都要覺得是場微春夢。

吃飯時，我興奮做起外交，他也不過是睨我一眼，據實以答。

「沒，我們沒開會討論這件事，會長直接批過了，只提出來說而已。」

「所以你們沒反對意見？」

「有什麼好反對？大家都喜歡活動，民心所向，而且還不用我們現場支援，沒理由駁回。」

我扁扁嘴，「你們就篤定學校會答應了？」我們還必須去抗爭呢。

「只要不是要錢，學校九成會通過的。」

「風氣呀風氣，你們才是真正的民主自治呀。」

用力戳著塑膠杯裡的冰塊，

夏辰閔聳了肩，視線降下來，輕輕啟唇，勾起笑意，「不說這個，於事無補，來說上星期模擬考寫得怎麼樣？」

我縮了脖子，無語對著他呵呵露出笑，佛曰：不可說。

❂

協辦熱舞社的豪情壯志想當然被駁斥，扔一個警告的大紅章。失望的捧著企畫往一班狂奔，就算是預期中的結果，心裡不免要唾棄主任碎唸成績至上的嘴臉。

會長正好也在，和尹煙兩人倚著欄杆搭話，見我沿著旋轉樓梯衝上來，同時露出勝券在握的笑容，尤其尹煙，明亮清澈的眼閃著狡黠。

攤了手，會長搶先啟口，「看來是沒成功？」一面遞了壓在口袋裡皺巴巴的面紙給我。

「那怎麼辦？」我垮著臉。

「不讓我們課間時間玩，很好，那就放學到街上玩。」

「啊？」氣喘吁吁的呼吸一頓，我吞口水，覷著會長，試圖徵求可信度。

「我、尹煙，剛剛跟兩位社長討論了，可以在放學後到選定的兩個地點快閃，暫定是轉角炸雞店的騎樓，和小公園的東門，等他們跟清陽的確認過就可以了。」

尹煙晃晃手機，「細節我才發到高二群組而已。」

「喔，好喔，耶，大不了再寫一份檢討。反正他們不可能廢了學生自治會，除非不要我們這些不支薪的勞工了。」

「不用麻煩，檢討我處理，兩份，後天我先交這個企畫，另一份快閃，當天放學我再繞過去交。」

「幹部們分工寫吧，好歹我有豐富悔過書經驗。」瞧見會長首肯，我自信拍拍胸口，要勇敢接下重責大任。沒料，尹煙逕自抽過我捏在手裡的紙張。

涼淡的嗓音任性依舊，卻藏著咬牙切齒的意味。尹煙眼底泛起淺淺的笑，絕對不是良善，我打個冷顫。

「爭什麼，我看起來是乖乖吃虧寫檢討的人？」

沉默了一秒，陰惻惻的低語響起，「我讓夏陽寫。」

咳咳咳……咳，莫名其妙被塞一大把狗糧。

回到班級座位，與手機對峙了一分鐘。沒忍住，我發給夏辰閔一條消息，很快的收到回覆。

「學校老頭、老妖婆不給過，我還得寫檢討。」附上哭臉表情圖。

言下之意，要麼安慰我，給我糖，要麼幫我寫！

但是，那個臭木頭只淡然回傳一句話，「好好練文筆，少作一點夢。」

這就是被人追和追人的差別！

❂

至於從天而降的活動如何吵吵鬧鬧的完美落幕，不重要。尹煙愉快當著所有幹部的面，警告通知放入碎紙機。

我沉重的告訴嫚嫚，尹煙越來越凶殘了。

「多一個人寵了嘛。」

確實，尹煙跟夏陽交往的消息颶風似的掃回清華。儘管一個晚上校版上的熱烈討論立刻被刪除，反而引起更多遐想。

開學以來，兩人的話題熱度從來沒有減低過。

「男生都追來學校陪副會長當圖書志工、接她放學，一步一步，套路很深。」

「原本就有前任會長大神撐腰，現在多了鄰校男神。妳不知道，多說一句調侃，她可以輕而易舉報復世界。」

但是，想起前任會長冷颼颼的眼神，我默默替要遭殃的人祈福。

「這些都不是重點！問題是這樣就沒人陪我去清陽看球賽了！」

「我要補習，不行，副會長不是家屬嗎？」

「家屬怕被圍觀者的眼光戳死，拒絕出現在打光的場合，哼，我想蹭上家屬名分都沒機會呢……」歪著頭，良久，靈光一閃，「還是，我也該跟夏陽一樣，也跑去清陽刷存在感？」

嫚嫚一愣，連忙擺手，壓下我舉起的食指，深怕我當真。「不行，不行，妳存在感夠顯眼了。」

「夏陽都追進我們學校了，代表我有努力空間。」

「醒醒吧，人家是男神，男神做什麼都是又酷又跩，就是人人羨慕稱讚，妳這個蝦米，沒被夏辰閔的粉絲碾成灰就謝天了。」

也是，我哀嚎，「這看臉的世界讓人好絕望。」

摸東摸西，成了最後一個走出教室的。套上一件便服外套，灰色的長版針織外套，將兩校學生都可以一眼辨認的校服遮住，順了順裙襬，只露出一些些，應該還可以矇混過去。

其實，警衛不會攔的，畢竟是放學時間。裴宇信說他們學校警衛只管七點前要離開，有比賽的日子進出不會嚴格管理。

掙扎了半天，決定不告訴夏辰閔，免得他分心，呵呵呵。好，其實他不會。我想給他驚喜，就這樣。

除了新訓和入學時陪同裴宇信，一個人進到清陽至此還是第一次。不能一副觀光客的迷茫表情，我低著頭走，假裝認真回覆訊息。

過了看似高三的教學大樓，依靠依稀的記憶，看到操場。嗯，眨眨眼睛，籃球比賽是室內場還是室外，我忘記問清楚。

只好厚顏無恥抓了一個男同學詢問，依照他手指的方向，慢慢踱步過去。而且，剛剛那同學是不是臉紅了？

這麼靦腆真少見。

「外校的就別進來湊熱鬧，死纏爛打這樣，妳不要臉，裴宇信要，我們學長也要好嗎。」

呃。機械動作似的回頭，三個女生從一旁的教學大樓走出來，毫無疑問的，叫囂是對著我，我摸著後腦，不懂自己什麼時候也出名了，一直覺得自己長得挺大眾的。

原來低估我的顏值了。

大概生氣我走神，其中一個壯碩的女生推了我手臂，「利用自己弟弟混進我們活動部的聚餐，臉皮有人比妳厚？」

「現在又來幹麼？是不是學長不理妳，妳需要直接殺到學校？」

左邊留著俏麗短髮的女生身材高䠷，看起來像是大姊頭。睨了我一眼的同時，玩著自己呵護好的指甲。

「我們夏辰閔優秀到連外校都覬覦，不意外，但是，妳以為妳憑什麼？」

「要臉沒臉、要身材沒身材，要說關係，隔壁校同學？妳拿什麼勇氣追進來？」

一口氣噴出這麼多質問，我來不及回答，前面的問題已經模糊。我搔搔臉，可不就顯得我沒腦子。

「憑我們都是學生會的？」

壯碩女更生氣了，使勁又推我。我的天，她一個手掌都可以把我拍飛。我閃一下，沒有完全避開，踉蹌兩下，卻踩到石子，結實一拐，嘶地倒抽一口氣。

「裝、裝什麼柔弱！學長不在這，把這做作樣搬出來給誰看？」

「喔，其實，我看見了，妳們怎麼想？」一道男聲冷不防闖進來。

空間彷彿凍結。剩下遠在操場的人聲鼎沸，眼前似乎連風聲都止息。

三個人臉色僵硬，左邊的女生甚至蒼白了面容，循著聲音，我環視周遭一圈都沒看到人，踮著腳還跳芭蕾的蠢樣。

「樓上。」夏辰閔的聲音帶著笑，我仰首看過去，他眉間卻是鎖著冷漠與嚴肅。

錯愕的心情蓋過見到他的欣喜，我怔住，「你不是在比賽？」

「有夏陽他們，輪不到我，所以才叫妳不用來。」

我點點頭，白白招來怨恨，有點不知道該怎麼收場，雖然她們應該比我緊張。

「學長我們……」

「不是學生會的就不要插嘴學生會的事。」他說的是聚餐，確切看見學妹絞緊手指，轉而目光降到我身上，彷彿傾灑下的暖陽。我抿了唇，聽他居然語出驚人，「女朋友來看球賽，這個理由覺得怎麼樣？」

乖順坐在保健室的床沿，左手扶著鐵桿，另一隻手則捉著被單。不就是脫個鞋子和襪子，怎麼有種羞恥的赤裸感……

巡視一圈，護理老師不在，夏辰閔單手擱在我肩膀壓著我坐穩，轉身去找冰敷袋與毛巾。我盯著他忙碌卻依然從容的背影。

「敷好，太冰就換手，都濕了我再拿其他毛巾給妳。」

「喔……」

備好痠痛藥膏，他才在隔壁的病床待住，修長的雙腿斜斜搭在矮凳子上。我感覺到他的視線，莫名臉熱，耳邊傳進他低低的笑，乾淨清爽。

從來沒有見過他這樣恣意溫和的笑。

像自嘲，也像取笑我，不管如何，都包裹著溫柔情意。

悶了半晌，終於吐出一句話，他啼笑皆非，我也想掐死自己。「你……怎麼會出現在那裡？」

他含糊解釋，「那邊是高二教學大樓，經過那裡很意外？」

於是，我低著頭，腦筋打結有點深，有點失落，不想讓這麼敏感的話題再次無疾而終，可是，他什麼都不解釋。

像是毫不在意。

不在意掀起的輿論、不在意我的心情。

他眼底的光，在日光燈下居然看不清。沒忍住，我低低道，「你沒有話要說嗎？」

手一頓，不過剎那，扔開毛巾，冰涼的藥膏抹上傷處，但是，他的手指卻是暖燙，力度得宜地推拿著。他不語，我也倔強不再開口。

空氣中全是消毒水和藥膏混雜的氣味，濃重的是薄荷的清涼。

盯著我要哭不哭的氣惱模樣，夏辰閔一笑，「妳告白過了，然後，我現在答應，還有什麼要問？」

「正常不是男生要說『告白這種事我來就好』？」濃濃的哭腔，一時間分不出是如願以償的感動，或是氣急。

「少看一些小說。」

他收拾好所有物品，替我擺正好坐姿，正要起身，被我猝不及防一把抱住，穩穩當當勾住他的頸項，他只稍微彎身，我需要努力踮著腳尖。

哪有人交往這麼隨便的……沒有甜言蜜語、沒有牽手。我這麼可憐，討個抱抱不過分吧。

他沉穩的聲息帶著無奈的嘆息，「裴宇薇。」

「幹麼？」

「我沒辦法抱妳，手上沾著藥膏。」

一愣，隔著刷白的襯衫，我咬了他肩膀一口，洩憤。

既然沒有參賽，夏辰閔回去拎了書包，連同我的背起，沒必要繼續留在學校。所幸他記得體貼問我能不能走。我得寸進尺，仰首眼睛一閃一閃，「你要公主抱？」

「呵呵，我能幫妳借到輪椅。」

喪氣垮下肩膀，就知道。他放慢速度，打量他將近一八〇的身高要這麼小碎步，挺辛苦的。他空閒的左手牢牢握住我的。

「第一次跟妳來店裡的男生是誰？」漫不經心問起，他的指尖拂落凝結在杯緣的水珠。我順著他的思考脈絡走。

眨了眼，遲疑著。「你是說，張凱？」

「呵呵，我怎麼知道是誰。」

見過他冷漠疏遠、見過他受傷脆弱，也見過他溫暖如許，現在是又啟動什麼關卡嗎？這個皮笑肉笑的人是誰！

承受不住他高深莫測的眼神，回憶曾經偷偷瞥見尹煙的撒嬌，當然不會錯過彼時在高冷男神夏陽眼底蔓延開的暖意。鼓足勇氣，我抱住他的手臂，平時都只能想想，真正走到如此親近的關係，內心惶惶不安。

還真有點不自在，幸好我皮粗肉厚，臉皮夠不讓他發現我臉紅。

「他是同班同學。」

他不信，聲音很淡，「自己好好處理妳跟張凱。」說著，隨手將礦泉水放入我手中，要我漱漱口。

剛剛一根棒棒糖安撫我，感嘆自己沒定力。

「別人都是男友跳出來，阻止女友跟緋聞對象接觸，為什麼到你這裡天差地別！」

「妳是喜歡我還是別人。」他瞄一眼，一句話秒殺。

這話說得宇宙不要臉，偏偏我自虐，樂在其中，能繼續對他賣賣萌。

交往的事情沒有引起風波，可能男神比較有話題性，也可能昨天三個女生不願相信。我躺在床上，在校版刷了一個晚上，沒有刷到任何有關的消息。

安然睡覺，今天一天像在作夢。

而隔天非常裴宇薇風格的，華麗睡過頭。裴宇信輪到值日老早出門，等我衝出家門已經七點十八分。當我跑到第一個街口，馬上伸手擰自己的臉。

「夏辰閔！」扭扭捏捏與他並肩，我假意咳嗽，「等很久了？」

他笑咪咪，「十五分鐘。」

「對不起，我是豬，下次你還是別管我吧，我們不同校，遲到也不算一起。」

「看來妳身分適應很快，怕妳覺得是夢才特地等妳的。」他伸手將我來不及整理的頭髮揉得更亂。

怎麼回事，有點羞澀。我只好趕緊岔開話題走向。「一早就吃糖？」示意他含著的棒棒糖。

「嗯，打發時間。」

完了，自從宣告在一起，他的一舉一動我好像越來越喜歡，連輕描淡寫的一聲嗯，都帶著奇妙的誘惑。

我捂住臉，視線偏到一旁，深呼吸。

「幹麼？」

「大概、大概是覺得，看到你，早餐都可以不用吃了。」

猶豫了三天，還是決定隱瞞在一起的事，連對嫚嫚都要打著哈哈。懷著歉疚，就是想撐到三個月。老實說，有時候會不安。

從一個人變兩個人、從朋友變成戀人，總是要時間，學著去拿捏彼此的距離，學著去適應。

學生會這學期的既定活動與工作一項項軌道上進行。

避免惡化轉好的外交關係，對於兩校都要舉辦的畢業晚會，我們清華跟清陽事先開過兩次會議協調。

星期六被夏辰閔抓去慢跑，隔天睡晚了，腰痠背痛，怕被尹煙吊起來打，連滾帶爬往清陽高中狂奔。結果，開門就看見閃瞎人雙眼的場面。

摸摸鼻子，默默退出會辦。然後！夏辰閔居然遲到，比我晚！看來體力比我還不行。

在走廊磨蹭半天，終於夏陽開門讓其他人一起進去，夏辰閔甚至是開始過後姍姍來遲，遭到夏陽冷漠的威脅目光。

跟高智商的人開會就是消耗能量，我腦細胞死了有一半，元氣大傷。

「夏辰閔，我餓……這樣看我幹麼？我被你們這群學霸精神傷害，而且，我早餐沒吃。」

他挑眉，「你今天怎麼進校門的？」

「呃，爬牆。」他的神色喜怒難辨，我連忙解釋，「來不及了嘛，再繞過去大門太慢了。」我幸運，沒被警衛逮到。

「還被人英雄救美？」

「啊？你說……呿，哪來英雄救美！他也太美化自己，明明是被我踩了一腳，俗稱墊背。」

「嗯，做得好。」他拍拍我的腦袋，笑得我暈頭轉向。忘了追究他吃醋。他接著說：「啊，妳要慶幸沒把他踩壞，他是籃球隊的主力之一，我們隊長雖然比不上你們的，但是最近吃錯藥，很殘忍。」

我沉默了一秒，重新打起精神，「那是不是代表我其實沒有很肥？可以不跑步了？」

夏辰閔終於體會一次什麼是搬石頭砸自己的腳。

※

經歷將近三個月辛苦的招商，最後一場屬於我們這屆學生會的主辦活動隨著畢業季一併迎來，為了學長姊們的畢業晚會。

過程中也有爭吵，尤其美宣長與事務長，公關長跟尹煙也拍桌子作對過幾次。會長的脾氣更是磨出新境界。我應付幾個暴躁的夥伴們，夏辰閔還老是拖著我算數學、慢跑。

於是，牽怒是自然而然，分分鐘鐘都想打醒不進入狀況的小高一。

排隊、剪票，以及進場的速度都井然有序，開幕沒有延遲，換場也十分順遂，偶有換裝的拖沓，DJ和主持人一起即時 cover。

暗暗咬牙，待會一定要藉著流程確定的名義進休息室。嗚嗚嗚，只有公關長他們可以跟樂團相處，太不公平。

但是，突發事件發生在電光石火之際，叫囂與揮弄的拳頭都只做了極短暫的開場，下一刻，巨大的燈光架轟然倒塌，燈泡的玻璃碎片四散，現場一片小小的混亂。

會長連忙快步上了舞台周旋，壓抑著怒意。她向來長袖善舞，很快安撫好現場其他人的緊張恐懼，活動與突發意外的善後同步進行著。

我愣神，有些不知所措。尹煙小小的身影在幽微光線中疾步，竄進爭執的風暴當中，身後跟著前任會長，緊緊跟在一個手臂可以護住她的距離。

平日使著最漫不經心的態度，儘管舒心笑起來，眼光裡仍有不可忽視的涼薄，這樣的她，這樣的尹煙，面對突發，卻是一馬當先。

不像我，傻傻怔在攝影台，手指緊緊拽住流程表，完全喪失在會議中高談闊論活動細節的自信。

「關我什麼事！是他先動手的！」

「靠！都聽你說就飽了，剛剛是誰先肥宅肥宅喊！挑釁都不敢說的。」

「我又沒指名道姓，自己愛對號入座，怪誰！」

蹙了眉，是再平凡幼稚不過的意氣用事。在教官面前兩群人又要吵起來。為了別影響表演的進行，看見尹煙拽住前任會長的胳膊，充足氣勢在教官面前指手畫腳。

大概是希望可以到禮堂外處理。

一聲刺耳的粗口卻突如其來響起。

「誰設計的場地，活動空間這麼小，到底怎麼走！」

心臟猛的一縮，我強撐著眼眶，就怕眼淚不爭氣離家出走。

整場活動的動線自然是出自活動長。

我是倔強又不服輸的個性，沒有在著手之前參考上一屆的資料。但是，依循過去參與的經驗，像模像樣的指畫出來。

給學長指點過、也實際跑流程不下兩次。

怎麼樣都不能將動線評上一個爛字吧。

仰頭平復躁動的心情，受傷的目光卻好巧不巧落在一個熟悉的身影。我與他四目相對，清楚看見他眼睛裡的詫異。

而我，氤氳著霧氣的眼，像是圈起一層近似哀求的冷光。

不要、不要看見現在這樣的我。

其實在事件發生的幾秒間，我藉著架高的攝影台有高度優勢，四處張望全場尋找著夏辰閔的身影，知道他不會有事的，但總是不放心。

第一時間只想找著他，甚至想掏出手機傳訊息給他。

此刻，不知道他有沒有聽見那句指控。當事人還在罵，就被教官拎了出去，一群不成熟的國中學生。尹煙與前任會長壓隊，盯視所有鬧事的人都出場。

儘管如此，聽到的人不少，夠我無所適從，不知道該做出什麼樣的表情。

他明明是我邀請來的。

他明明是我邀請來的，最狼狽難看的一面卻一絲不漏的全展開在他面前，我終於理解無地自容是如此。

他的目光溫涼如水，沉浸在眼瞳裡的情緒，我不敢仔細多看，深怕會有我無法承受的嘲弄與瞧不起。我深呼吸一口氣，扯緊裙襬，內心打翻苦水，酸澀得眼睛睜不開。

我低著頭，不願意與他對視，或許不過一秒兩秒時距，我忍不住朝他原本筆直站立的地方偷偷望過去，發現已經沒有他的蹤跡。

「學姊……」

「嗯、啊，什麼事？」強撐起一抹比哭還難看的笑。

學妹有點侷促，瞄了舞台，燈光絢爛，要將人的視線都亮晃。

怕我聽不見，學妹往我身邊靠靠。

「學姊，我覺得跟活動的動線規畫沒關係，難道我們規畫場地還要畫出一塊空地給他們打架用嗎？」

我苦笑，我當然明白，只是心裡不好釋懷。

「對嘛，學姊妳別生氣，不是妳的問題，嫌棄路窄，不就是說他們自己肥，全世界都過得去，就他們在靠北。」

牽強笑了笑，我摸摸她們的頭。「沒事，這邊妳們顧著，小心點，我去跟會長確認事情。」

「好的，交給我們，學姊妳也小心。」

找到會長之前，我先從積著厚重灰塵的儲藏室拎出掃把，跑回發生事情的地方，打量已經被大致整理過的紊亂，依舊不放心。今日事情夠亂了，不能再有其他人受傷的事發生。

仔細將地板再清掃一次，低著頭的動作，還有悶在胸口的委屈酸意，都在幽暗空間裡、在歡樂喧騰背後，無聲無息膨脹。

掉眼淚是懦弱的，我不要。

用力抹了抹臉頰，看見地上有一塊細小的碎玻璃老是掃不起來，越發生氣，所有對鬧場國中生的怨氣突然找到發洩出口。

用力用掃把推著、戳著，仍然掃不進畚箕。氣不過，蹲下身子去撿。一聲壓低的呼喊降到頭上，我一分神，沒有拿捏好力道，讓參差不齊的尖銳劃破肌膚，刺進食指指腹，點點血液瞬間冒出頭。

雖然疼，卻不是大問題。

我隨意將血跡抹到衣服。「會長？」

「妳剛剛那邊都沒事吧？」

我搖搖頭，帶著歉意。「沒事，對不起沒幫上忙。」

「哪有什麼需要幫忙，小問題而已，對了，我記得妳當初安排的攝影範圍幾乎是全場的，我記得好像有四台吧。」

「對，因為怕攝影機相機什麼的突然故障，而且也不確定表演的人會不會突然偏離預排的定點。」

「很好，做得好，先見之明。」清亮的眸色眨出一絲凌厲與勢在必得。她拍拍我的肩，「到時候好好檢查影像，鬧事的人名單列出來，一個都不能少，沒記上兩支起跳的警告，不能放過他們。」

這是要來找證據了呀。果然是會長，想法轉得比誰都快。

她恢復善良的淺笑，「別看我，是尹煙提的。怕家長抗議，我本來只想到留證據，可是尹煙直接說把事情攤開了，殺雞儆猴，要不然每次活動都要這樣搞，我們都不用玩了。」

「前任會長調教出來的，厲害。」我嘖嘖。

「當然，不說尹煙本來就記仇，現在前任會長還在場，事情是不可能簡單帶過的。」

「他們是想鐵血會長卸任了，有恃無恐是吧。」

會長笑出冷意，「卸任是卸任，升上三年級難道就不在學校了？蠢，還有，當我們是Hello Kitty嗎！」

狠戾的眼神顯然跟話語不搭，我笑了起來，原先的鬱悶消散了一些。她們不怪我，我鬆一口氣，心裡只剩下自責。

九點二十三分。

表定的節目圓滿落幕，撇除中間的插曲，活動都在掌握之中。最後，由學校主辦單位的老師以及會長總結幾句話，工作人員們各自站崗，疏散著離場的同學。

我站在需要搬運大型道具的後門，偶爾還有幫忙扶一下被摧殘後的模型。晚風撲面，眉目都落下絲絲涼意，繃緊的神經得到稍微鬆懈。低頭踢踢腳，發出綿長的嘆息。

回去室內看人去樓空，只剩下零星幾個學弟學妹還在打鬧逗留。夜越深沉，會長敲著手機螢幕，皺眉。

「沒事的高一們可以都回去了，搭公車的去搭公車，父母接送的也不要讓父母等，到家記得都跟各部長報備，開會的訊息會放在社團，拜拜。」

公關長的戲謔緊接著。「不愧是我們會長，發話都不用麥克風，自帶擴音裝置。」

「高二幹部們，好了，比較大的器材都已經整理歸位了，其他布置用的雜物明天整理，食物的垃圾分配一下要帶走。」

「外面有大子母車，離開前再去丟。」事務長推了眼鏡，冷靜道。

「好，可以，明天下午兩點同樣地方集合，收拾完，就到附近找個地方開檢討會，高二幹部和成員都要到。」

自始至終，會長絕口不提剛剛的動靜，也許是要等到明天檢討會，只是，憋在心裡我總是感覺如梗在喉。

會長朝大家擺手，表示沒其他事情要交代了。「快點回家吧，都不要續攤了，明天誰敢遲到試試看，到家一樣到群組回覆，散會。」

抿了抿唇，我躊躇著進退兩難。一晃眼，尹煙拉著前任會長的手，腳步不緊不慢，我忍不住心跳如鼓，怕捱罵，呼吸輕得幾乎要消失。

「學、學長……」

聽聞，尹煙任性了。「裴宇薇妳怎麼可以只看見我哥！」

「……學長氣場比較強。」

「不用說我也知道。」一個妹控、一個戀兄，倒是願打願挨，我撓撓頭。

前任會長眸色清冷疏離，唇瓣淺笑著，「活動企畫很好，不關妳的事。」

眼角一酸，我咬了唇，用力點頭，竟然發覺說出任何一個字都很困難。

猶豫片刻，尹煙走上來輕輕攬我一下，明媚笑容染著幾分不自在。

「妳的活動企畫是我審的，有問題也算不到妳頭上。」

「說什麼傻話。」前任會長瞥她一眼。

「所以，我是要是說，企畫怎麼可能有問題，我們大度，不跟那些臭小孩計較。」

擰緊的眉毛終於放開，放過自己。瞅著尹煙努嘴的舉止，我心下感動。

她不是會安慰人的個性，彆扭與刀子嘴豆腐心都是她的標誌。

「行啦，不要這個表情，我才沒有欺負妳。我們走啦，妳也趕快回家，記得報備喔。」

「好，明天見。還有，呃、謝謝。」

這一刻，我驚訝發現，尹煙經不起道謝，恣意放肆慣的笑顏僵了僵，嘟囔一句幹麼說謝謝，白皙小巧的耳根都紅了。

五分鐘晃到校門，彼長的影子延伸過來，眸光一詫，我飛快抬頭。

映入眼簾的是他熟悉的身影，佇立在老舊的路燈旁。

眼角一酸，他的面容矇矓起來。見我一動不動，不說話、不催促，他直接抬腳緩步到我身邊。

「有這麼感動？」

自覺說話肯定是沙啞的，鼻子很酸，拿淚光閃閃的眼瞅他。

夏辰閔笑了笑，厚實溫暖的手掌按住我的後腦，另一隻手拉著我靠進他懷裡，沉沉的嗓音令人很有安全感。「我不能幫妳出氣，不能以大欺小，而且，我還是外校的。」

埋在他胸膛，用力點點頭，他擁得緊，我的動作不明顯，有力的心跳聲將躁動的委屈與不滿都撫平了。

「回家吧。」

回家吧。簡簡單單，溫暖至情，卻夠浪漫了。

※

懲處報告很快下來，但是學生會內沒有繼續關注這件事，要是包庇著，才值得我們分點注意力。

很多可愛的小高一們在檢討會上繳交的回饋單寫著加油鼓勵的話，狠狠將鬧事的孩子批鬥一輪。

要卸任了呀。改選在五月中旬已經結束，新一任會長與副會長重組著幹部群，畢業晚會當天都是跟著直屬幹部行動。

逍遙恣意的高中兩年隨著蟬聲浪潮漸遠漸歇。

用力踩在火紅碎花，躲在夏辰閔的長影內，他走在前頭，我緊緊跟著，忽視我們和諧溫情的相處。

他任由我在他的陰影內放肆休息，而我，無比堅定跟隨，不會走散。

鄰近學校長街上的店家置放著許多畢業花束，燥熱難耐的夏季染上離情，在午後雷雨的沖刷下，換上更加明艷的色彩。

「夏辰閔，你參加學校的晚自習嗎？」咬著芒果口的冰棒，凍得口腔與舌頭不靈活，含糊說著。

他的指尖拂去黏在頰邊的碎髮，「去平日的，假日沒有。」

「喔，我以為你會耍任性，都不去。」

「在學校冷氣費是全班平分。」聳聳肩，率性的姿態渾然天成，沒有半點虛假或俗氣，分明是計較著柴米油鹽。

「我被我爸逼著參加，不然他要拆掉我電腦，還要剪斷網路線。我弟也大義滅親，聯合強迫我，嗯，為了守護網路。」

「你跟妳弟感情很好。」

「嘿嘿，你別吃醋，我跟你比較好。」

禁不起逗弄，男朋友臉皮比自己薄怎麼有點弔詭。夏辰閔用力勾過我的脖頸，黏糊糊的觸覺讓我掙扎，他不管，彷彿找到對付我的方式。

沉沉的嗓音讓人迷醉，像用心釀造的醇酒，他笑了，「誰吃醋誰烏龜。」

「王八啊。」憋不住笑。

「嗯，繼續說。」

「啊啊啊……等等，鬆開啦，我的冰要融化了……」

一段十分鐘的路程，硬是被我們走成三十分鐘。虛度了緊湊的時光，偷得難能可貴的時日。

牢牢緊扣的雙手，華燈初上的天空倒映出我們胸口的暖黃，相觸的皮膚並不是那麼舒適，不可忽視的點點手汗，是青春、是悸動。

一進家門，裴宇信正好將軟軟的毛巾蓋在濕漉漉的頭髮，噢，好一幅出浴畫面。

「姊，請我吃飯。」

我馬上瞪眼，有他這麼土匪的人嗎。「憑什麼！」

「妳以為爸為什麼那麼簡單答應不用去假日自習，同意妳自己到圖書館念？我在爸面前都快把學長吹噓成神了，爸能不反對妳戀愛都是我的功勞。」

說成這樣了能不買單嗎！拗到週末跟夏辰閔相親相愛讀書多不容易。

咬咬牙，盯著他春風滿的的得意嘴臉，真不想承認我弟這麼吃軟飯。

「還有，學長陪妳慢跑妳要感恩。學長掛名籃球隊就是討厭體能練習，他雖然打得比不上其他人，可是也比普通人好。」

我迷茫，「他不是在排球隊很好？」

「排球隊練習沒有籃球那麼慘絕人寰，知足點吧。」

努努嘴，想起他強迫我鍛鍊體力，哎，不得不說，心暖。乖乖設上一排的鬧鐘，不信吵不醒我。

※

高三的日子，只有讀書、念書、背書。

瞪著沒有起色的自然科，感到氣餒，啃著尹煙隨手扔來的筆記，還是會讀到想哭。

嫚嫚一眼就看懂，我卻還傻愣著，有了目標就容易背負壓力。

一張訂正千萬次的考卷被我揉在手心。

尹煙劈頭毫不留情冷聲道，「妳以為你很努力了？那那些高一就努力、高二沒有鬆懈的人是蠢嗎？別太看得起自己的付出。」

眼淚掉了下來，我用力抹開，知道在尹煙面前沒資格委屈，她說的都是事實。

「回去看自己的考卷，有幾題是眼殘讀錯問題或沒看出線索，有多少是差一個觀念，有多少是差一個公式。」

「好。」

用力塞一包面紙到我掌心，她癟著嘴，「我欺負妳了嗎？哭成這樣，夏辰閔不拍死我才怪。」

「妳就是欺負我。而且夏辰閔才不敢打妳，妳以為夏陽是拿來當擺設的嗎？」

話落，徹底踩了尹煙的尾巴，她頓時像隻炸毛的貓。她瞇了眼睛，好聽的聲音只有威脅，卻也有再提起夏陽時候的孩子氣，「妳要是不想借筆記，可以繼續說。」

紅著眼睛，呵呵討好乾笑幾聲。

輕輕哼了哼，十足是隻高傲的賓士貓。在升學面前，我們第一次感到自己像個大人，變得現實，小數點的分數都斤斤計較。我和嫚嫚的話題不再繞著戀愛，課業成為生活的重心。

非常無趣，但是，不小心發現偷偷勾著手的學弟學妹，感嘆飛逝的青春，同時，與嫚嫚相視一笑。

我們仍然會因為分數吵架，可是這就是她，這就是我，這就是我們不可逃避的升學環境。

誠實面對不堪與疲倦，是我們最巨大的成長。

年底眼見又一次的耶誕節靠近，然而，慶祝對我們是份奢望，私底下幾個人圍著玩交換禮物過了癮。

導師自掏腰包訂購蛋糕慰勞我們，「志願卡交到講台的人才可以領蛋糕。」

「如果沒想好目標科系，就設定一個分數，不能低於上次模擬考。開始動作！」

咬著自動筆末端，下巴抵著堆疊在桌上的書面，目光失焦，唉，學校呀、科系呀，為難一個向來混吃等死的少女。

嫚嫚決定法文，男朋友只透露讀商。我呢？

「裴宇薇，妳覺得我要考體大還是填中文系？」

緩慢眨一下眼睛，眼前竄出張凱作難的表情，我啊了一聲，「你、你什麼時候喜歡中文系了？」

他黯了眼色，沒說話。驀的，我似有所悟，但不將話說白，怕他難堪，怕我們會尷尬，我以為時間已經讓他釋懷。

好似他不說出口便可以假裝什麼芥蒂都沒有。

「張凱，選你自己喜歡的科系。」

沒有誰能輕易成為誰的夢想。我也不願意負擔你的夢想。

鬱悶的教室內只有風扇呀呀轉動的低響，初冬悄悄的來，衣服換季，直到自習時間連老舊風扇的聲息都沒有。

誰失手碰到書桌，砰然的撞擊都會引來一些人的白眼。

班級的讀書風氣前所未有的積極，但是過分壓抑，誰的默書得了滿分，一張該是完美的考卷會落入幾個人手中，盡責的雞蛋裡挑骨頭，這些是升學壓力的病徵。

期中考爆發作弊事件，傷害的不單是人格印象，以及繁星申請著重的在校成績，十八號女生哭得連老師都捨不得。

躺在床上得知這個消息，嚇得將熱水袋拿掉，立刻趁著午休時間撥電話給嫚嫚，我跟那個女生關係不錯，趕在我病假時候，需要更新實況。

「宇薇，腸胃炎好點了嗎？」

「已經可以不用睡廁所了。不管這個，先問妳，作弊是怎麼回事？」

她壓低聲音，遠離嘈雜的人群，「我不是很清楚，是有人剛好在導師室聽見的，被監考老師抓到鉛筆盒裡的小抄。」

那就證據確鑿。

揉揉鼻子，病來如山倒。良久，發出綿長的嘆息，我想嫚嫚也懂。明明不是壞人，可是，一場關乎未來的盛大考試，有些人變了。

晚上完成計畫表上的作業，眼睛乾澀，翻開隨手夾進單字本裡的紙，塗塗改改無數次，終究沒能下定決心，匆匆交出一份，胸口卻難安。

應用中文、華文文學，劇本創作。脫離不開文學，但是，分不出順位。

出神的發呆，手機很快收到回覆。「妳為什麼還沒睡覺？是不是後悔沒讓我去探病？」

「呿，我是怕傳染，傷害考生會遭天譴。」

他了解我，似乎闔起書，收起玩鬧口吻，「有事就說。」

他的嗓音溫柔到無可復加，可能我是病人，值得被悉心呵護。只是脆弱彷彿被輕而易舉牽動，一發不可收拾。

「夏辰閔，上了大學，我們是不是會分開？」

◎

六月中旬，申請入學陸續放榜，我捏著手機卻憋不住情緒，舉手佯裝肚子疼，不等老師應諾便往廁所方向奔馳。

記得夏辰閔說他要將攢了三年的請假額度都用光，高三的下學期經常聽他說沒去上學。

響了兩聲，果然，通話立刻接上。

「夏辰閔！」

「嗯……怎麼了？」太混蛋了吧，這人鐵定在睡覺。

可是好該死，惺忪的聲音有特別性感的慵懶，光是想像就血氣上湧。鼻子啊，爭氣點，別噴血。

「你查學校了沒？」

「嗯，還沒……」約莫是知道我會耍賴到他起床查榜，打個呵欠，他認命。「這就查，妳呢？」

「就等你問呢，我上第一志願啦，S大劇本創作！」

「很好啊，如妳所願，妳面試表現活潑，把妳岌岌可危的英文救起來。」

「呿，我覺得你是要說我吵，我是可愛又禮貌好嗎！」我高興，不跟他計較。

踢著走廊的牆，等他的結果，耐不住等待，我追問：「怎麼樣、怎麼樣？」

過了足足十秒，只有他的呼吸沉穩傳來。我不禁繃緊神經，不敢多說一句，深怕不好的預感成真。

「我要指考。」終於，聽見他如此說，卻沒感覺難過，我不喜歡他故作堅強。聲音有些啞了，忽然我被錄取都不值得開心張揚了。「一間都沒有上嗎？」

「Ｚ大跟Ｆ大都各錄取一所。」

「啊？那、那那為什麼？」被神轉折打得夠嗆，結巴起來。

夏辰閔王八蛋呀，嚇死我了，差點要幫他哭，他這麼悶騷難過一定不會表現，我都做好兩倍程度傷心的準備了。

「我想再考Ｃ大，應該是因為是第一間面試的，我分數又只是剛好門檻，所以被刷下來。」

「可是，Ｚ大跟Ｆ大不是也很好嗎？我記得你都填一樣科系不是嗎？」

沉默半晌，他淡淡丟出一句，「Ｃ大離妳近一些，隔壁城市而已。」

「夏辰閔你……」

通話彼岸傳來微弱的摩擦聲響，應該是他從被窩起身。他笑了笑，「感動了？符合妳說的那些正常男朋友了嗎？」

這人有毛病，跟這些計較。我吸吸鼻子，「說認真的，嚴肅點呀。」

「我很認真，指考就指考，少了國文拖累，我穩穩上。」

我噗哧笑出聲，「夏辰閔你跟誰學來的驕傲？夏陽嗎？」

「所以可以安心了？我能繼續睡了？」

「都要指考的人，睡什麼呀，不如陪我多說話。」他毫不掩飾打了呵欠，真想把他手機裡的遊戲刪除。

忍不住想像到南部讀大學的未來，儘管會相距一個城市，總比許多隔一座山，或是相隔時差的幸運。

原來我的心慌都被他記著，什麼也沒有說，窒息的壓力底下，任何寬慰與感同身受都是假的，我們都知道。

心底很軟很暖，聲線也溫軟下來，「夏辰閔，你讀書的時候我都跟你一起吧。」

一起。沒有時間的喧鬧，不是隨口的玩笑。

純屬，怦然。

【全文完】

後記

故事還會繼續

嗨，讀者們晚安。

這是我在商周的第四個故事，很意外也很感激可以走到這裡。這次開稿是在鄰近回國的日子，一口氣十天拚了五萬多字。後來，忙著專題忙著補學分，忙著很多人生都會遇到的迷茫與困難，停擺將近三個月，如期交出作品才如釋重負，謝謝編輯大人溫柔和藹的鞭策。

高中生的日子說遠不遠，回頭看，還是發現已經往前走了好長一段。經常驚嘆自己如何走過那樣的歲月，很青澀很辛苦，很叛逆很無助。我是很在乎成績的人，用不著做最頂尖的，但是希望每次考試都可以盡人事的發揮，給自己很多壓力，同儕間更避免不了競爭。或許許多人也遇過這樣的朋友，嘴上說著自己都沒有讀書，卻拿了優秀的成績。我想，傷害的不單是自己的努力，還有朋友間的信任。可是，不需要因此否認彼此的友誼，那個時候，在升學壓力面前，我們都容易斤斤計較。聽過這樣一句話，「朋友間，是相互嫉妒。」我想，相互嫉妒相互羨慕，同時也彼此鼓勵，給予勇氣。十七八歲的我們，都有那麼一段說起來令自己又哭又笑的友情。

一直想寫一個青梅竹馬沒有在一起的故事，獻給夏辰閔與倪允璨，遺憾佔據他們回憶裡很大的篇幅，最終教會他們坦率與珍惜。另外，歡樂的故事裡插進沉重的家庭背景，本來擔心會太突兀，幸好仍被保留了下來。有一位對我來說極為重要的朋友，在年初被確診患了憂鬱症。父母的離異、隔代教養的衝突以及被迫的過分堅強，掩埋在她心底的傷口從來沒有癒合，所以她步履蹣跚，想停下來休息卻又不願意渾渾噩噩，使我格外心疼。父母的關係與態度確實對孩子有很大的影響，我能寫出的只是冰山一角，願我們都能健康成長，也願我們都能成為誰的微小力量。

一如往常，是個微現實的故事，其中在超商被拯救的劇情是真實的，留學時候我真的被德國人神救援，因為對方眨眼的表情太可愛，忍不住寫進來，也作了小情侶浪漫的起始。連載期間，有讀者留言更喜歡裴宇信，一個穿梭在我三個作品的男子，最佳配角他當之無愧了。然後，敏銳的讀者會發現，我的故事大多圍繞在清陽與清華兩間高中，純屬虛構，千萬別列入志願。

最後，不論你喜歡了誰，喜歡哪句話，喜歡哪段時光，感謝你們閱讀到此，我們下個故事再見。

暖暖　二〇一八年七月二十一日於東莞

國家圖書館出版品預行編目資料

純屬玩笑／暖暖著. -- 初版. -- 臺北市；商周，城邦文化出版；家庭傳媒城邦分公司發行，民107.04
面；公分. --（網路小說；280）

ISBN 978-986-477-516-3（平裝）

857.7 107011941

純屬玩笑

作　　者／暖暖
企畫選書人／陳思帆
責 任 編 輯／陳思帆

版　　權／翁靜如
行 銷 業 務／李衍逸、黃崇華
總　編　輯／楊如玉
總　經　理／彭之琬
發　行　人／何飛鵬
法 律 顧 問／元禾法律事務所　王子文律師
出　　版／商周出版
台北市中山區民生東路二段 141 號 9 樓
電話：(02) 2500-7008　傳真：(02) 25007759
Blog：http://bwp25007008.pixnet.net/blog
Email：bwp.service@cite.com.tw
發　　行／英屬蓋曼群島商家庭傳媒股份有限公司城邦分公司
聯絡地址：台北市中山區民生東路二段 141 號 11 樓
書虫客服服務專線：(02) 25007718．(02) 25007719
24小時傳眞服務：(02) 25001990．(02) 25001991
服務時間：週一至週五09:30-12:00．13:30-17:00
郵撥帳號：19863813　戶名：書虫股份有限公司
讀者服務信箱 Email：service@readingclub.com.tw
城邦讀書花園網址：www.cite.com.tw
香港發行所／城邦（香港）出版集團有限公司
地址：香港灣仔駱克道 193 號東超商業中心 1 樓
Email：hkcite@biznetvigator.com
電話：(852)25086231　傳眞：(852) 25789337
馬新發行所／城邦（馬新）出版集團【Cité(M)Sdn. Bhd.】
41, Jalan Radin Anum, Bandar Baru Sri Petaling,
57000 Kuala Lumpur, Malaysia.
電話：(603) 90578822　傳眞：(603) 90576622

封 面 設 計／黃聖文
版 型 設 計／鍾瑩芳
排　　版／游淑萍
印　　刷／高典印刷有限公司
總　經　銷／聯合發行股份有限公司
電話：(02) 2917-802　傳眞：(02) 2911-0053

■ 2018 年（民 107）8月7日初版　Printed in Taiwan

定價／240元

ISBN 978-986-477-516-3

商周出版

廣告回函
北區郵政管理登記證
台北廣字第000791號
郵資已付，免貼郵票

104台北市民生東路二段 141 號 2 樓

英屬蓋曼群島商家庭傳媒股份有限公司　城邦分公司

請沿虛線對摺，謝謝！

商周出版

書號：BX4280　　書名：純屬玩笑　　編碼：

請於此處用膠水黏貼

商周出版

讀者回函卡

感謝您購買我們出版的書籍！請費心填寫此回函卡，我們將不定期寄上城邦集團最新的出版訊息。

不定期好禮相贈！
立即加入：商周出版
Facebook 粉絲團

姓名：＿＿＿＿＿＿＿＿＿＿ 性別：☐男 ☐女

生日：西元＿＿＿＿年＿＿＿＿月＿＿＿＿日

地址：＿＿＿＿＿＿＿＿＿＿

聯絡電話：＿＿＿＿＿＿＿＿ 傳真：＿＿＿＿＿＿＿＿

E-mail ：

學歷：☐ 1. 小學 ☐ 2. 國中 ☐ 3. 高中 ☐ 4. 大學 ☐ 5. 研究所以上

職業：☐ 1. 學生 ☐ 2. 軍公教 ☐ 3. 服務 ☐ 4. 金融 ☐ 5. 製造 ☐ 6. 資訊
☐ 7. 傳播 ☐ 8. 自由業 ☐ 9. 農漁牧 ☐ 10. 家管 ☐ 11. 退休
☐ 12. 其他＿＿＿＿＿＿＿＿

您從何種方式得知本書消息？

☐ 1. 書店 ☐ 2. 網路 ☐ 3. 報紙 ☐ 4. 雜誌 ☐ 5. 廣播 ☐ 6. 電視
☐ 7. 親友推薦 ☐ 8. 其他＿＿＿＿＿＿＿＿

您通常以何種方式購書？

☐ 1. 書店 ☐ 2. 網路 ☐ 3. 傳真訂購 ☐ 4. 郵局劃撥 ☐ 5. 其他＿＿＿＿

您喜歡閱讀那些類別的書籍？

☐ 1. 財經商業 ☐ 2. 自然科學 ☐ 3. 歷史 ☐ 4. 法律 ☐ 5. 文學
☐ 6. 休閒旅遊 ☐ 7. 小說 ☐ 8. 人物傳記 ☐ 9. 生活、勵志 ☐ 10. 其他

對我們的建議：＿＿＿＿＿＿＿＿＿＿

＿＿＿＿＿＿＿＿＿＿

＿＿＿＿＿＿＿＿＿＿

請於此處用膠水黏貼